計略の猫

新・大江戸定年組

風野真知雄

角川文庫
22754

目次

主な登場人物

◆初秋亭

藤村《ふじむら》慎三郎《しんざぶろう》　北町奉行所の元同心

夏木《なつき》権之助《ごんのすけ》忠継《ただつぐ》　三千五百石の旗本の隠居

七福《しちふく》仁左衛門《じんざえもん》　老舗の小間物屋〈七福堂〉の隠居

◆早春工房

加代《かよ》　藤村の妻。仲間たちと小間物をつくり商っている。

志乃《しの》　夏木の妻

おさと　仁左衛門の妻

安治《やすじ》　飲み屋〈海の牙〉の主人

富沢《とみざわ》虎山《こざん》　暇に飽かして初秋亭に入り浸る老人。通称〈つまらん爺さん〉

夏木《なつき》洋蔵《ようぞう》　夏木忠継の三男。書画骨董を学ぶため京都に遊学していた。

鮫蔵《さめぞう》　岡っ引き。とある事情により江戸から姿を消す。

入江《いりえ》かな女《じょ》　初秋亭の三人が師事する俳句の師匠

第一話　予感の鯰《なまず》

一

強いめまいがきた。

と、思ったら、身体が持ち上げられ、つづいて激しく揺さぶられ出した。

めまいではなく、地震だった。

七福仁左衛門《しちふくじんざえもん》がいるのは、〈初秋亭《しょしゅうてい》〉の二階である。なのに、まるで駕籠《かご》に乗っているみたいである。

二階に大きな家具はないが、階下には茶簞笥《ちゃだんす》がある。それが倒れたような音がした。ほかにもガチャガチャと皿や茶碗《ちゃわん》が鳴っている。

「夏木《なつき》さま！　藤村《ふじむら》さん！」

仁左衛門は叫んだ。

しかし返事はない。

這《は》うようにして窓のところに行き、通りを上から見た。

カンカン照りで道は白茶けている。その道がふざけたみたいに上下している。

大地がのたくっていた。人間さまを愚弄《ぐろう》し、怒ってもいた。この際は、根こそぎ引き裂くつもりらしかった。

前の家が急にひしゃげたようになり、押しつぶされた。巨大なもの、例えば運命のようなものに踏まれたみたいだった。

茶色い埃《ほこり》が立ち込め、そこで何も見えなくなった。

すると、まるで芝居の幕が落ちたみたいに、光景が変わった。

江戸《えど》湾の沖から信じられないほど高い津波が押し寄せて来た。

見た目は津波とは思えない。家や草木が表面をおおっているため、地面が動いて来ているみたいなのだ。

その地面がおおいかぶさってきた。包まれ、飲み込まれると、それはまさに津波だった。

大地の揺れよりさらに凄《すさ》まじい力を感じさせる。波というよりは、光りながら動く山脈のようである。それがうねり、砕けもせずにのして来たのだ。

仁左衛門は、どんどん押し流されている。

家族はどこに消えた。手だけ出してもがいているのは誰だ。

「おさと！　耳次《みみじ》！」

また、光景が変わった。

仁左衛門は江戸の町のなかにいた。

あたりは一面、火の海になっていた。

その色がやけに赤い。紅色と言ったほうが近い。

津波に洗われたのに、なぜ火事が出ているのかが不思議だった。

炎が風となって吹きすさんでいる。黒い煙と紅蓮《ぐれん》の炎が混じり合い、高歌放吟しながら嫌らしくむつみ合っている。

人間さまを包囲し、燃え上がらせ、黒焦げにしていく。

「もう、やめてくれ！　勘弁してくれ！　江戸はもう、終わりだ！」

仁左衛門は絶叫した。

「お前さん！　大丈夫かい？　お前さん」

おさとが呼んでいる。

「あ？　あ？　おさと、無事か？」

「何言ってんだよ？　怖い夢でも見たのかい？」

おさとが心配そうな顔をしている。

去年生まれた子の耳次も、目を丸くして仁左衛門を見ていた。すでによちよち歩きができるようになっている。

「あ、夢だったのか」

「どんな夢を見れば、あんな大きな声を出せるの？」

「地震だ。地震の夢だ」

「あ、そうなの」

おさとは、御飯のおかわりに応じるくらいの軽い返事をした。

「これは正夢だぞ」

仁左衛門には、昔から地震の予知能力のようなものがあった。外れたこともあるが、何度も当たっていた。

「正夢？」

「大地震が来るぞ。カンカン照りの暑い日のことだ。まもなくだ」

いまは梅雨が明けたばかり。日差しはますます強くなる。

すると、おさとは笑って、

「違うよ、お前さん。正夢じゃない。そっちでいま、荷揚げ場をつくるため、朝から杭打《くいう》ちしてるんだよ。それで、ちっと揺れたからだよ」

「杭打ち？」

「ほら」

なるほど、工事の音がしている。こんな朝早くから始めるのは、よほどの突貫工事らしい。

「いや、違う。おれはわかるんだ。あんなのは四、五日前からやってただろうが。今日のは正夢なんだ」

「そうかね」

おさとは、もう、どうでもいいという顔になり、蒲団《ふとん》を畳み始めた。

「逃げよう。夏のあいだ、江戸から離れよう」

と、仁左衛門は言った。

「どこに行くのさ？」

「そんなに遠くに行かなくても、津波や火事が避けられればいい。地震は、家さえつぶれなきゃ、外に逃げればいい。怖いのは、そのあとに起きる火事と、海から押し寄せる津波なんだ」

「それは聞いたことがあるよ」

「おれのいとこが内藤新宿《ないとうしんじゅく》にいるんだ。そうだ、あいつを頼ろう。おさと。支度しろ。今日、明日にでも逃げ出すぞ」

「そんなあ」

「命あっての物種だ」

「そんなこと言ったって、しばらくは早春《そうしゅん》工房の手伝いもあるし」

「早春工房の手伝いって、お前は耳次の世話のほうが大事だろうよ」

「耳次を背負っていてもできることなんだよ」

「そんなことは」

「あたしがやりたくてやらせてもらってるんだから」

「だったら、皆で逃げよう。初秋亭と早春工房で、総出で逃げるんだ」

「そんなことできっこないだろ。お前さんが、夢見ただけだよ」

おさとは、いい加減にしろというような強い口調で言った。三十も若い嫁にそう言われると、仁左衛門は逆に子どもになったみたいに、シュンとなってしまう。とはいえ、逃げ出すことを諦《あきら》めたわけではない。

夏木権之《ごんの》助忠継《すけただつぐ》は、今日も深川《ふかがわ》の熊井町《くまいちょう》にある初秋亭に、いちばんにやって来た。

このところ、いつも夏木がいちばんに来る。

一階の雨戸を開け、つづいて二階の雨戸を開け、目の前の景色を眺める。永代橋《えいたいばし》を渡って来たのだから、大川《おおかわ》はずっと見えていたのだが、それでもここから見る大川は特別なのである。空には薄い雲がかかっていて、大川の川面《かわも》もうっすらと光っている。広々としているが、穏やかで、世は何ごともなく、眠けを催すような景色である。

この初秋亭ができて、二年とちょっとになる。

借家で、借主は三人。

三千五百石の旗本の隠居である夏木権之助忠継。

北町奉行所《きたまちぶぎょうしょ》の元同心《どうしん》の藤村慎三郎《しんざぶろう》。

老舗《しにせ》の小間物屋〈七福堂〉の隠居、七福仁左衛門。

三人は、少年時代に大川で水遊びに興じた幼なじみ同士だったが、相次いで隠居の境遇となり、身分を超えたかつての友情を復活させた。ついては、三人がいつでも気兼ねなく集まることができる隠れ家のようなものをつくろうと、江戸中探し回った結果、この家を見つけたのだった。

――それからいろんなことがあった。

夏木自身は中風《ちゅうぶ》の発作で倒れたが、幸いにもずいぶん回復した。老舗の七福堂は倅《せがれ》のしくじりで一度つぶれてしまったが、これも皆の努力で新しい店ができ、業績もかなり盛り返しているらしい。また、藤村慎三郎の家内が家出して夏木の屋敷に隠れ、それがきっかけで女たちが早春工房なるものまで立ち上げてしまった。ほかにもさまざまなできごとが相次いだが、しかし考えてみれば、どれも特別なことではない。こんなことは江戸中どこの家でも起きているようなことばかりで、これが二年ものあいだつづいたのは、皆、そういう年代になったからだろう。

それにしても、月日の経つのが早い。二年の歳月は、あっという間に過ぎて行った気がする。これは、隠居したわりに忙し過ぎるせいではないか……。

そんなことを思っていたら、

「ごめんくださいまし」

下で声がしたので、夏木は階段を降りた。去年あたりは、子どもみたいに腰をかけたまま降りたが、いまは手すりに摑《つか》まれば、立ったままでも大丈夫である。

「おう、あんたは」

見覚えがある。名前が出てきそうで出ないのは、中風の名残りか。そうではないだろう。ちゃんと喉元《のどもと》のところまではきている。

「はい。〈千《ち》島屋《しまや》〉のあるじでございます」

先に名乗った。

「うん。久しぶりだ」

深川の料亭のあるじだった。隠居してからは無沙汰《ぶさた》しているが、以前はよく利用した。

上がるように勧めたが、

「ここで結構です」

と、玄関口に腰をかけた。

「名前も思い出した。桃《とう》右《え》衛門《もん》だ」

「ありがとうございます。いえね、夏木さまがご隠居なさって、なにやら巷《ちまた》の謎解きをなさっていると聞いたもので」

「うむ。べつに謎解き専門というわけではないのだ。猫探しもやれば、留守番もやるという具合でな」

というより、そっちの依頼がほとんどである。

「それで、そのお噂を聞いて、ぜひ夏木さまにご相談に伺いたいと」

「なにかあったのか？　あまり物騒なことは、隣の番屋のほうに行ってもらったほうがよいぞ」

以前は隣に番屋はなかったのだが、前の建物が火事で焼け、隣に越してきたのである。元同心の藤村は、隣が番屋だったら、ここには来なかったなどと言っているが、もはやどうしようもない。

「夏木さまは、うちの店の中庭に池があったのは覚えていらっしゃいますか？」

「もちろん覚えているよ。あれは、大きいし、きれいな池だったよな。ずいぶん立派な鯉も泳いでいた」

「はい。じつはあの池に、突如としてナマズが出てきたのです」

「ナマズが？」

「動くので数えにくいのですが、三、四匹ほどはいるかもしれません」

「あの池は、どこかとつながっていないのか？」

「いないんです。あれはわざわざ掘った池でして。しかも、周りはすべてうちの建物で囲まれているので、うちの者かお客しか、池には近づくことができません」

「いつ見つけたのだ？」

「十日ほど前です。幼魚からだんだん育ったとかいうのじゃありません。大きく育っていたのが、急に現れたのです」

「悪戯《いたずら》かな？」

「悪戯にしては、手間がかかるわりに、たいして面白くもないでしょう。あたしが毎日、鯉に餌をやっているので見つけましたが、でなきゃ誰も気がつきません」

「ふうむ」

「うちの板前や女中にも訊《き》いてみました。誰も知らないし、見当もつかないと。くだらないと言えばくだらないのですが、何か気になりまして」

「それは気になるだろう。しかも、一見くだらぬことに、思いがけない悪事が隠れていることはよくあるしな」

そんな経験は、初秋亭をつくってから何度も経験した。

「それは心配です」

と、千島屋は顔を強張《こわば》らせた。

「なあに、それはまれなことだ。探ってみよう」

「ありがとうございます。では、すぐに来ていただけるので？」

「待て、待て。謎はいつも、わし一人で解くわけではないのだ。あと二人ばかし仲間がいてな。三人寄れば文殊の知恵というわけさ」

「あ、お仲間のことも伺っておりました」

「三人揃ったら、あとで訪ねてみるよ。もう半刻《はんとき》（一時間）もしたら揃うはずだ」

「では、お待ちしています」

と、千島屋桃右衛門は帰って行った。

入れ替わるように七福仁左衛門がやって来た。

顔色が冴《さ》えない。

玄関を入ると、天井のあたりをねめつけるみたいにゆっくりと見回した。天井占いとかいうものがあって、それを覚えたみたいな、妙な目つきである。

「どうした？」

「夏木さま。地震が来るかもしれないよ」

暗闇に座った易者みたいな口調で言った。

「それは来るだろう」

「いや、途方もなく大きいのが」

「なぜだ？」

「夢を見たんだ。あれは正夢だったよ」

「正夢とただの夢は、どこで区別をつけるんだ？」

夏木が訊《たず》ねると、仁左衛門はしばらく沈黙し、

「それは勘みたいなもので」

「ふうむ」

夏木は困ったような顔をした。

そこへ藤村慎三郎がやって来た。隠居して二年が経つのに、まだ帯のどこかに十手を差しているような雰囲気がある。

二人が玄関前で話しているのを見て、

「なんかあったかい？」

「仁左が大地震の夢を見たので、地震が来ると言ってるんだ」

「地震？　そりゃあ、来るだろう」

夏木と同じように藤村も平然とうなずいて、

「ああいうものは遠方にいる子どもの文《ふみ》みてえに、かならず来るものなんだ。避け

ようがねえ。江戸から逃げたって、逆に逃げた先で起きるかもしれねえ。地震てえのは、どこで起きるかわからねえんだ」

「それはそうだけど、海のそばから逃げておけば、津波は避けられるし、ごちゃごちゃしたところにいなければ、火事だって怖くねえだろ」

「まあな」

「だから、来そうなときだけ避難するんだよ」

「ほう」

「あっしの親戚《しんせき》が内藤新宿にいるんだ。広い家で、十人二十人くらいは平気で泊められる。皆で、しばらくそこに行こうよ。早春工房の女たちもいっしょに」

「そういえば、仁左は昔もそんなことがあったな。なんか、今日は嫌な予感がすると言ってたら、地震が来た」

「そうだろう」

「でも、外したこともなんべんもあった」

「そうかい？」

「ああ。しょっちゅう予感があったから、まあ、十回に一回くらいは当たったんだろう」

「もっと当たったよ」

「避難するったって、かならず来るわけじゃねえしな」

「いや、来るよ。あっしは、二、三日中にはいなくなるつもりだ」

「まあ、落ち着けって、仁左」

仁左衛門と藤村のやりとりに、夏木が口を挟んで、

「そんなことより、依頼だ。ナマズが出たそうだ」

「ナマズ！　ほうら、言ったこっちゃねえ」

仁左衛門が、釣られたナマズみたいに引きつった顔で言った。

二

三人は料亭千島屋に来た。

ここは町名で言うと、永代寺《えいたいじ》門前山本町《もんぜんやまもとちょう》。堀を挟んで、永代寺の庭の緑も見えている。

有名な〈平清《ひらせい》〉ほどではないが、かなり上等なところである。魚の料理はなんでも出すが、ここはとくにウナギがうまいので人気がある。

三人は、その中庭の丸い池の前に立った。

「おう、いるいるいる。藤村、何匹いる？」

夏木が池を見ながら訊いた。

ナマズは色が目立たないので、底のほうにいると見つけにくい。ちなみに、地震は地中にいる巨大なナマズが起こすという俗信が広まったのは、ナマズがなにかのときにぶるぶると身体を震わせる動きからきていると言われる。

藤村は、相撲の土俵より二回りほど大きい池の縁をぐるりと回ってから、

「三、四匹じゃきかないな。六匹、いや七匹いるな」

「餌はどうしているのだ？」

夏木は後ろにいる店のあるじに訊いた。

「やってるんですよ」

「餌、やってんのかい」

藤村が呆《あき》れた。

「なんで出てきたのかがわかるまでは、餌をやっとこうと思いましてね。八幡宮《はちまんぐう》のお使いだったりするとまずいし」

「そうだよ」

と、仁左衛門は夏木と藤村を見た。

「仁左はな、大地震が来る夢を見たのだ。近々、江戸から避難するらしい」

「そうですか。あたしもそれは思いました。それですかね」

と、千島屋のあるじは言った。

「では、そういうことにして、調べはやめるか？」

夏木が訊くと、

「いや、やっぱりはっきりさせてください」

あるじは懇願した。

池の周囲をざっと見た。

丸い池を四角く建物が囲んでいる。そのうち一方だけは、出入り口や板場などになっていて、客席は三方にある。一部が二階建てになっていて、そこは個室がいくつかあるという。

「完全に建物で囲まれているのだな。これは、身内の者しかやれないのではないか」

と、夏木が言った。

「いや、客でもやれるさ」

と、藤村は言った。

「客だったら、悪戯《いたずら》か？」

「あるいは、なんらかの悪意があるか」

「ここでわいたってことはないよね」

と、仁左衛門が言うと、

「ボウフラならわくだろうが、ナマズはわかねえだろう」

藤村は笑った。

「いや、池の底に亀裂があって、そこから出て来てるのかも」

藤村は池の縁に座り、水の中をじいっと見つめ、

「亀裂なんかないな」

それほど深くないし、水はきれいなので、底が見えている。

「しかも、地震の前にナマズは騒ぐんだろう？」

「ぶるぶる震えるらしいよ」

「このナマズたちは騒いでいるように見えるか？　皆、暢気《のんき》そうな面してやがるぞ」

「ほんとだ」

「仁左。この件は地震のことと結びつけるな」

と、夏木が言い、

「そういえば、ウナギが大嫌いな婆さんを卒倒させようとして、金魚の池にウナギをしこたま入れたって話は聞いたことがあるぜ。ここにナマズを見ると、卒倒するような人はいないかい？」

と、藤村があるじに訊《き》いた。

「いや、いませんでしたね」

「ううん。難しいなあ」

夏木が腕組みした。

「おいらは客だと睨《にら》んだな。板場の連中がそんなことしても、意味はなさそうだし、女中たちがナマズを摑《つか》んで入れてる姿も想像できねえしな」

「あたしも身内にはいないと思ってます」

あるじがうなずいた。使用人を大事にしているという自信が感じられる。

「客が入っているときに来ねえとわからねえかも」

「あとで来てみるか、藤村？」

夏木がそう言うと、あるじが、

「昼飯どきですか？　それとも夜？」

「真っ昼間はないな。夜の席だ」

「夜だと今日はちっと、席がぜんぶふさがってまして。明日《あした》の晩以降なら大丈夫です」

「じゃあ、明日来てみるよ」

と、夏木が言い、今日はこれで引き上げることにした。

熊井町の初秋亭にもどって来ると、

「おお、来たか。遅かったのう」

年寄りが入口のわきに置いた石に腰を下ろしていて、三人を見ると立ち上がった。

七十くらいで、筒袖《つつそで》に軽衫《かるさん》姿。頭の毛はすっかりなくなっているので、町人髷《まげ》かどうか区別はできないが、武士の感じはしない。

「お待ちでしたかい？」

仁左衛門が訊いた。

「待ったことは待ったが、暇な身分なので、それはどうってことはない。ちと、相談ごとがあってな。これは些少《さしょう》だが」

と、門仲煎餅《もんなかせんべい》の箱を差し出した。これは三人の好物だが、

「いや、そんな。お力になれないことも多いから、今日はいいですよ」

「ま、そう言わずに」

三人が中に入ると、年寄りもあとにつづき、玄関口に腰を下ろした。

「ほら、いっしょに煎餅でも食べて」

と、年寄りは押し返された煎餅の箱を開け、自分も一枚取ってから、三人のほうに箱を押し出した。

「じゃあ、まあ、いただこうよ」

仁左衛門がそう言って、夏木と藤村も煎餅を選んだ。いくつか種類があり、三人それぞれに好みがある。

年寄りはいい音を立てて煎餅を齧《かじ》る。歳のわりに、歯はかなりしっかりしているらしい。

「それで、ご相談ごとは？」

と、仁左衛門が訊いた。

年寄りの雰囲気からして、元同心の藤村がきちんと訊くような話ではない。三人は、ここのよろず相談をするうち、だいたい誰が前面に出て訊いたらいいか、見当がつくようになっている。これは、あうんの呼吸で仁左衛門の担当となり、夏木と藤村は窓辺のほうに行って、くつろいだ恰好《かっこう》で話に耳を傾けることにした。

「いやあ、つまらんねえ」

煎餅を齧りながら、年寄りは言った。

「なにがです？」

「この世のいろんなことだよ。毎日がつまらなくて、ため息ばかりついている。芝居もつまらん。芝居町に行って看板を見ても、観たいものが一つもない。浅草《あさくさ》の奥《おく》山《やま》だの、両国《りょうごく》の広小路《ひろこうじ》に行って、小屋だの出店だのを見てもつまらないし、欲しいものも何にもない。戯作《げさく》もつまらん。こんな才能のないやつが書いたくだらぬものがなぜ売れるのか、あたしは不思議でしょうがない。そのくせ、毎日、嫌なことはいっぱい見つかるんだ。そっちはいちいち言いたくないくらいだ」

年寄りはそう言って、ため息を一つついた。

「お名前を伺ってなかったですな」

と、仁左衛門が言った。

「あ、そうだった。あたしは、向こうの一色《いしき》河岸に住んでいる富沢虎山《とみざわこざん》という者です。こざんは、虎の山と書く。もちろん号ですがな」

「いまはご隠居なさって……」

「あたしは隠居なんかしたつもりはないよ。でも、世間は隠居扱いだよな」

「それまではなにをなさってたので？」

「学問のほうをね。書物も何冊か書いたよ。読むなら持って来るが」

「面白い書物ですかい？」

「あんたが蘭学に興味があればね」

「あ、それなら、けっこうです」

　仁左衛門は手をぱたぱたさせて、露骨にお断わりした。

　そこで、いままで黙って聞いていた夏木が、

「では、月日の経つのは遅いのではないかな」

　と、口を挟んだ。

「そうじゃな。ため息ばかりついているから、早くはない」

「だとすると、よしあしだな。わしは一昨年《おととし》、中風の発作で倒れたのだが、生き延びたいまは、いろんなことが面白い。そのかわり、月日は矢のように過ぎてしまう。もうちょっとゆっくり過ぎて欲しいと、お天道さまにでも頼みたいくらいだ」

「それは、あんたたちがまだ若いからかもしれんな」

「若くなんかない。わしら三人は同じ歳だが、もう五十七だぞ」

「五十七なんか、まだ若いんだよ。あたしもそれくらいまでは、いろんなことに興

味があったよ。そこから十年くらい経ってみなさいよ。急にいろんなことがつまらなくなってくるから」

「それはありがたくない忠告だな」

と、夏木は顔をしかめた。

「すまん。だが、あたしも弱ってるのさ。なにか、あたしにも面白いと思えることを見つけてくれないかね」

「あれ？　それって依頼ですか？」

仁左衛門が素《す》っ頓狂《とんきょう》な声を出した。

「そうだよ。なんだと思ったんだい？」

「ただ、愚痴をこぼしに来たのかと」

虎山翁は、顔をしかめ、

「いまは、どんなことをやってるんだね？」

と、訊《き》いた。

「それは依頼人の事情があるから話せませんよ」

「そりゃそうだな」

虎山翁は寂しそうに俯《うつむ》いた。

それを見かねたように藤村が話をまとめた。

「ま、暇つぶしがてら、ときどき顔を出してみればいい。教えられるような話もあるかもしれないし」

　次の日は、朝から蒸し暑かった。

　梅雨は明けたようだが、本格的な夏にはもう少しあいだがあってもよさそうである。

　七福仁左衛門が初秋亭にやって来ると、夏木が手桶《ておけ》を持って、家の周りに水を撒《ま》いているところだった。

「今日は暑そうだね、夏木さま」

「ああ。夏を少しでも涼しくするにはどうしたらいいか、いま考えているところでな。この庭に苔《こけ》でも生やすのはどうかな」

「苔を？」

「あれは水を吸って、しかも涼しげだろう」

「それはそうだけど、ここで苔が育つかね？」

「やってみなきゃわからぬさ」

「それよりあっしは、ちょいと泳いでくるよ」

仁左衛門はそう言うと、ぱっとふんどし一つになり、裏口から土手を越えて、大川へ入った。

今年、最初の水泳ぎである。

今日の水は澄んでいる。永代橋を渡るときにも確かめていて、だからこそ水に入ることにしたのだ。泳がないと暑くて耐えられないほどではないが、それよりも川底で見たいものがあった。異変が起きていないかである。地震の前には、江戸湾では見たことのない魚が揚がったり、大群が押し寄せて来たりする。

水底まで潜り、じっくりと眺め回す。

別に変わったことはない。

すると、水音が近づいて来た。見ると、夏木と藤村が入って来ていた。

「なんだい、夏木さまと藤村さんもかい」

「そりゃあ、お前だけにいい思いはさせられぬ」

「あっしは調べたいことがあったんだよ」

と、地震の前の異変のことを言うと、

「まだ心配してんのかよ」

藤村は呆《あき》れた。

「そりゃそうだよ」

「なんともねえだろう」

「今日のところはね。でも、油断はできないよ」

「それより、やっぱり水の中は気持ちがいいぜ」

三人はすぐ、四十年前の夏の景色に里帰りする。

この川は、上流のほうから荒川《あらかわ》だの宮戸《みやと》川《がわ》だの隅田《すみだ》川《がわ》などと名を変え、大川という呼び名になって、海へと注いで行く。このあたりは、海へのちょうど入口である。潮の満ち引きで、真水と海水も入れ替わる。水の中にいると、その満ち引きが体感できる。江戸の、この川の近くで少年時代を過ごした者は、川と海のせめぎ合いの感覚が、肌に彫物より深く刻まれている。

「仁左。鯛《たい》だ、鯛。桜鯛だ」

「どこだよ、夏木さま？」

「あ、そっちだ。よし、おいらがそっちに追うから、夏木さん。底から棒を拾って突っついてくれ」

「馬鹿。速すぎて無理だろうが」

「あ、そっちそっち」

顔も少年にもどっている。表情には、分別も、屈託も、妬嫉《としつ》も、絶望も、諦念《ていねん》も、下手したら智慧《ちえ》すらもない。無我夢中。ただそれだけ。

夜になって、三人はふたたび千島屋にやって来た。

桃右衛門がすでに席を取ってくれていて、そこへ座った。池がよく見える席で、夏場は池の周りから席が埋まるらしい。暮れ六つ（午後六時ごろ）過ぎに来たのだが、すでに六割ほどは埋まっていた。このほか、二階になった部分に個室がいくつかあるが、そっちの入り具合は、ここからはわからない。

何も言わないうちから、酒とかんたんな肴《さかな》を出してくれた。

ちびちびとやりながら客のようすを窺《うかが》った。

客層はよさそうである。あるじも言っていたが、有名な平清と違って、地元の裕福な人たちのおかげで流行《はや》っているという。平清は、むしろ地方の藩の重役など、武士で賑《にぎ》わっているらしい。

池がよく見えるところに、三人連れの客がいた。

藤村が三人を見つめた。

なんとなく違和感がある。ほかの客には、とくに気になるところはない。

「あそこの三人連れだけど、常連かい？」

やって来たあるじに訊いた。

「ええ。うちじゃいちばんのお得意さまです。ここんとこ、ほぼ毎日のようにいらしてます」

「でも、なんかここにはしっくりこないよな」

「どうしてです？」

「まず、ほかの客に比べて若い。ここはいい値段だろうよ」

「ははあ」

「しかも、大工の棟梁《とうりょう》ふうと、武家の奥方ふうと、洒落者《しゃれもの》の町人が、ずいぶん親しげにしてるじゃないか」

「あの三人、じつは同じ長屋の幼なじみ同士なんですよ」

「へえ。おいらたちみてえだ」

「そっちの門前仲町《もんぜんなかちょう》にある長屋なんですがね。三人が三人とも、それぞれいい身分になりましてね」

「どんな身分なんだ？」

「棟梁に見えるのはまさにその通りです。それも宮大工の棟梁で、いまは有名なお寺のお堂を手がけています。奥方も当たりです。お名前は差し控えますが、八千石のお旗本に見初められ、正妻になられたのです。もっとも、ご亭主は去年、亡くなられましたが」

「へえ」

「こっちにいる洒落たなりの男は戯作者《げさくしゃ》です。伊達屋酔狂《だてやすいきょう》といって、出した戯作が売れに売れて、ついでに始めた甘味屋も大繁盛です。三人とも大出世ですよ」

「そこはおいらたちと大違いだな。皆、親の跡をついだだけで、誰も出世なんざしてねえもの」

「まったくだな」

と、夏木は笑い、

「そういえば、前に、貧しい長屋から出た三人組の悪事があったな」

「あった、あった」

蔵造りの棟梁と、錠前屋のあるじと、鳶《とび》の親方が、同じ長屋の幼なじみで、自分のところで建てた蔵に、自分のところでつけた錠前を外し、鳶の親方が盗みに入っていたのだった。

「だが、こっちの三人は悪党には見えないよね」

と、仁左衛門が言った。

「ああ見えない。あのときの三人は、見るからにワルの気配が漂っていたんだ。貧乏長屋のワルガキが、大人になっても抜けきれないという面つきだったよ」

藤村がそう言うと、

「それはないでしょう」

と、あるじも言った。

「その長屋は貧乏長屋かい？」

「いや、わりにいい長屋ですよ」

「じゃあ、ひねくれることもないか」

と、藤村は疑惑を捨てたらしい。

それからしばらく客のようすを眺めたが、とくにぴんと来ることもないので、今日は終わりにすることにした。

「明日《あした》も席はあるかい？」

藤村が訊《き》いた。

「取っておきます。今日も、もうちょっとゆっくりしてってくださいよ。まだ、腹も一杯になっていないでしょう」

「いや、いいよ。ここの払いに見合うほどの活躍ができるかわからねえし」

「そんなのは気になさらず」

あるじはいて欲しそうだったが、さきほどしばらくぶりに三人で〈海《うみ》の牙《きば》〉に立ち寄ろうという話になっていたのだ。

三人は外に出て、その足で永代橋のたもとに向かった。

海の牙という物騒な名前の店は、三人の行きつけの飲み屋で、永代橋を渡ってすぐのところにある。赤ちょうちんによしずを立てかけたざっかけない造りで、客層のほとんどは、深川に住んでいて、日本橋界隈《にほんばしかいわい》で働くお店者《たなもの》である。仕事を終え、家に帰る前に立ち寄って、愛想笑いで固まった顔をここでほぐすのだ。ほぐさないと、女房や子どもたちに、威厳も貫禄《かんろく》もけし飛んでしまう卑屈なお追従の笑顔を見せてしまうことになるから。

海の牙は、とにかく魚がうまい。それもそうで、店主の倅《せがれ》が漁師をしていて、魚《うお》河岸《がし》に持って行く前に、ここでいちばんうまそうなやつを下ろしてから行くのだ。

以前は、酒のほうがいまいちだったが、それを初秋亭の三人の忠告で越後《えちご》の酒に替えたところ、客足が途切れることがない人気の店になった。

「おや、三人お揃いは久しぶりだ」

店主の安治《やすじ》が言った。

「そうだったかな」

とくに理由はないが、二人ずつは来ていても、三人揃ったのは二、三か月ぶりかもしれない。

安治が勧める肴を三つほど頼んでから、

「ナマズはないよな？」

と、夏木が訊いた。

「ナマズはないですね。あんなもの、食いたいんですか？」

「まずいのか？　わしは食ったことがないのだ」

「まあ、育ったところにもよりますが、泥臭くて食えないのもいますよ」

「きれいな池で育てたら？」

「だったら大丈夫でしょうが、淡泊な味ですよ。せいぜいカマボコの材料ですな」

「そうなのか」

「しかも、見た目がね」

「見た目が悪いかな？」

「なんか気味が悪いでしょうが。餌が欲しくて、水面で口をぱくぱくさせるとこなんか見てると、背筋が寒くなりますぜ」

「そうかね。わしはけっこう可愛いと思ったけどな」

「え？　夏木さん、近ごろ、美に対する見方が変わってきてないかい？」

藤村が呆《あき》れた顔で言った。

三

翌日——。

今日はとくに依頼者もなく、三人とも朝から初秋亭にやって来て、夕方までのんびりしていた。藤村と仁左衛門が将棋を指していて、夏木がぼんやり窓から外を眺めていると、

——ん？

土手を女たちが、うろうろしている。

「お歴々は何をなさっているのかな」

夏木がつぶやいたので、

「どうしたい？」

藤村が訊いた。

「ほら」

「あ」

夏木の妻の志乃《しの》と、屋敷の女中が二人。藤村の妻の加代《かよ》。仁左衛門の息子の嫁のおちさが土手のところにいた。早春工房の面々である。ときどきおさとも来ているが、今日はいないらしい。

「草餅《くさもち》の時季でもないのに、なにしてんのかな」

「仁左、草木染めでもやってるのか？」

夏木が訊いた。

「いや、染めについてはすでにいい染屋と組んでいますよ」

「ふうむ。しかし女たちのすることは、わしらにはまるで得体の知れないところがあるからな」

夏木はしみじみと言った。

「まったくだよ。でも、あっしは、女物の商いは、女には勝てないのかと、近ごろつくづく思うんだよ」

「そんなに儲《もう》かってるのか？」

藤村がぎょっとしたように訊いた。

「いや、もう恐ろしいまでだね」

「ほう」

「先月の七福堂の売上なんか、いちばん儲かっていたころを超えてたそうだよ。その半分以上は早春工房が卸したものだとさ」

「ええっ」

「いま、人形町《にんぎょうちょう》のほうにも店を出そうかとか言ってるらしいんだ。七福堂だけど、品物は早春工房のものを中心にするんだと」

「調子に乗ると痛い目に遭うんじゃねえのか？」

「それが女ってのは、調子に乗ると財布の紐《ひも》はますます堅くなるんだね」

「へえ」

「店を出すにあたっても、潰《つぶ》れても損しないような方法をまず考えるし、通りを歩く人の数まで数えてるんだぜ。客になりそうな女が、一日、何人通るかとか、同じ小間物屋がどれくらい流行《はや》ってるかとか」

「誰がそんなことまで考えるのだ？」

　夏木が訊いた。

「意外に志乃さまあたりもいい知恵を出すらしいよ」

「本当か」

　夏木は唖然《あぜん》とした。

「だいたい、おいらは昔から思ってたけど、知恵は女のほうが上だからな。子どものころを思い出しても、物わかりだの、物覚えだのは、あっちのほうがずうっと上だったよ。ただ、感情を御するのが苦手なところがあって、どうにか男は張り合えるんだ。それをさ、何人か集まって、その感情をうまくなだめたりできるようになったら、まず男はかなわなくなる」

　藤村がそう言うと、

「そのうち女の天下がやって来るんじゃないの？」

　仁左衛門が言った。

「なるほどな。だが、わしはそれでも別にかまわぬがな」

「え？　夏木さま、そうなの？」

「だいたい男は、女に食わせてもらう男を、心のどこかで憧《あこが》れておらぬか？」

「あ、憧れてる」

と、藤村は認めた。

「よし。早春工房には、もっと儲けてもらおう」

「おいらなんか、すでに加代に小遣いもらっちゃったぞ」

「しょうがねえなあ、藤村さんは」

仁左衛門は呆れたように笑った。

そんな話をしていると、女たちがこっちのほうに来たので、

「おい」

と、夏木は奥方の志乃に声をかけ、

「魚を獲《と》りたいなら、裸になって水に入らないと駄目だろうが。なんならここで脱いでもかまわぬぞ」

「おっほっほ。お前さまは、ほんと外では面白いことをおっしゃいますのね」

「そりゃあ、家では息を詰めるように暮らしているから」

「また人聞きの悪いことを」

と、志乃は顔をしかめた。

「何をしているのだ？」

「薬草を探しているのですよ」

「薬草？　だったら、わしに訊《き》けばいい」

夏木は中風《ちゅうぶ》で倒れたあと、自分でもずいぶん薬草の研究をしたのだ。

「お前さまが詳しいのは、中風に効くものだけでしょう」

「具合でも悪いのか？」

「具合が悪かったら、こんなふうに皆で出ていませんよ。そうじゃないの。ま、ここではなんだから、そのうち教えて差し上げます。ご免遊ばせ」

女たちは、けろけろとカエルのお祭りみたいに笑い合いながら、早春工房があるほうに行ってしまった。

「なんじゃ、ありゃ」

夏木は憤然として見送った。

暮れ六つまでもう少しあるかというころになって、

「あーあ、つまらんなあ」

と、富沢虎山が顔を出した。夏木が〈つまらん爺《じい》さん〉と綽名《あだな》をつけていて、仁左衛門もうっかり綽名を言いそうになったが、

「そんなにつまらないなら、いっしょに行きますか？」

　と、訊いた。

「え？　どこに？」

　虎山の顔が輝いた。

「夏木さま、藤村さん。いいよね？」

「いいだろう」

「大酒さえ飲まなきゃな」

　二人もうなずいたので、

「じつは、こういう依頼でさ」

　と、ナマズのことを話した。

「ほう。それは面白そうですなあ。いや、ぜひ、ごいっしょさせてもらいたい。あたしの分は自分で払うから」

　というので、いっしょに向かうことになった。

　途中、黒江町《くろえちょう》の番屋の前を通ると、

「そういえば、岡《おか》っ引《ぴ》きの鮫蔵《さめぞう》の姿を見なくなったなあ」

　と、虎山がぽつりと言った。

「虎山さん、鮫蔵のことはご存じでしたか？」

「うん。一度、蘭学に関することで訊きに来たことがあってな」

「蘭学？　鮫蔵が？」

「そう。なんでも、げむという言葉が、蘭語にあるかとな」

「ああ、げむね」

　数年前から、江戸の町人たちのあいだで、〈げむげむ〉と呼ばれた新しい宗教が流行り出した。最初は、貧しい人や弱い人、病める人などを救いたいという純粋な気持ちで始まったのだが、いつしかそれが狂信的なものになり、ついには江戸の町を焼け野原にしてしまおうという計画が実行される寸前までいったのだった。

　教団の名は、もともと連中が唱える「げむげむげむげむ……」という謎の呪文からきていた。鮫蔵は呪文の意味からも、げむげむの正体を探ろうとしたのだろう。

「蘭語では思い当たらなかったな。エゲレス語だと遊びというような意味があったと思うとは話したのだが」

「虎山さん。エゲレス語もご存じなので？」

「なあに、そっちはちっと齧《かじ》っただけだよ」

「へえ」

「それで鮫蔵はどうしたのかね？」

「旅に出たんだよ」

「そうか。あの嫌われ者がいないのはなんだか寂しいけどな」

虎山がそう言うと、

「それはわしらもいっしょだ」

夏木がつぶやいた。

「だが、巷《ちまた》の評判はものすごく悪かったなあ」

「悪かったよねえ」

とにかく岡っ引きの鮫蔵は、深川一の嫌われ者だった。脂ぎって凄《すご》みのある顔。嫌な目つき。いつも脅すような物言い。ただ飲み、ただ食いなどはしょっちゅうである。街で会っても、誰もが目をそむけ、声をかけられるのを怖れて足早に立ち去った。

だが、初秋亭の三人だけは、鮫蔵の正体というか、秘められた裏の歴史を知ってしまった。しかも、鮫蔵は命がけでげむげむという狂気の教団を追い詰め、壊滅させている。知らない者のほうが多いが、鮫蔵はきわめて優秀な岡っ引きであり、江戸の大恩人と言っていいくらいだった。

「だけどあたしは、あの男にはなんとなく哀愁を感じていたんだよ」

虎山がそう言うと、

「へえ」

藤村は感心したような顔をした。鮫蔵が悪く思われてなかったことが嬉《うれ》しいのだ。

鮫蔵が故郷の八王子《はちおうじ》へと旅立って、すでに半年近くなる。

深川には女房もいるし、何人もの妾《めかけ》たちもいる。皆、もどりを待っているのだが、もうもどらないかもしれないという不安もあるのだ。

——いつか深川にもどって来てもらいたい。

あの抜け目なさそうで傲岸《ごうがん》な面つきを思い出すと不思議なくらいなのだが、それは三人の共通の思いでもあった。

千島屋に着き、昨日と同じ席に今日は四人で座った。

あるじは虎山とは顔見知りだったらしく、

「初秋亭に人生相談に通っているんだ」

虎山がそう言うと、

「つまらん病の？」

と、あるじはからかうように笑った。ここでも「つまらない」を連発していたらしい。

今日も千島屋はかなりの客が入っている。池の周りの席はすべて埋まり、初秋亭の分を確保してくれているのが申し訳ないくらいである。こうなると、なんとしてもナマズの謎を解明しなければならない。

幼なじみ三人組は、今日も和気《わき》藹々《あいあい》と話がはずんでいる。

夏木も藤村も、この三人は関係ないと判断したらしく、ほかの客のようすに目を向けていた。

すると、ここでもだんだんつまらなくなってきたらしい虎山が、

「あれ？」

と、つぶやいた。

「どうした、虎山さん？」

藤村が訊《き》いた。

「あっちの正面にいま、入ってきた客だが、あれは別の料亭のあるじだよ」

「料亭のあるじ？」

「〈千両屋《せんりょうや》〉といって、蓬莱橋《ほうらいばし》を渡ってすぐのところにあるんだ。やはり、ウナギを売りにしてるが、ここほど流行《はや》ってはいないよ」

「いっしょに来てる女は？」

「あれは女房だろう。女将《おかみ》をしてたと思う」

「怪しいな」

　と、藤村は言った。

「どう怪しいんだね？」

「同業だろう？　向こうは流行ってねえんだろう？　もし、ここの悪口を言い触らしたいとき、ここはウナギにナマズを混ぜて出してるんだと、そういうことを言って回るかもしれねえぜ。じっさい、池にナマズがいたんだとな」

　藤村がそう言うと、

「なるほど、それはありそうだな」

　夏木と藤村とつまらん爺《じい》さんは、その千両屋に当たりをつけたようである。

　だが、仁左衛門だけは、

「そうかなあ」

　と、首をひねった。

「仁左は違うと思うのか？」

「あっしは、あの三人組がなんかひっかかってるんだよ」

「あいつらはねえな。おいらはそう見たぜ」

「わしもだな」

この晩は、世間話などもしながら一刻《いっとき》（二時間）ほどいたが、結局、夏木と藤村が睨《にら》んだ千両屋の夫妻も、仁左衛門が気になる三人組も、とくに変わったことはなかったのだった。

四

翌日は、夏木には得意の猫探しの依頼があり、仁左衛門には近所に住むなりたての隠居二人に、将棋を教えるという依頼が入っていた。

隠居二人は友人同士で、暇つぶしのために将棋を覚えたいというので、初秋亭の二階を使って、教授をおこなった。二人とも、驚愕《きょうがく》するくらいの筋の悪さで、二人だけでやっている分には、永遠の暇つぶしになりそうだった。

藤村だけはとくに用事がなかったので、顔を出した虎山とともに、昼飯がてら千両屋に行ってみることにした。

「あ、ここか」

蓬莱橋というのは、富《とみ》ケ岡八幡宮《おかはちまんぐう》の参道正面にある広場を過ぎ、大島川《おおしまがわ》に架かっている橋だが、洲崎《すさき》の弁天社に参るときは、ここを通って行く。目立つ場所であり、間口も広いので、流行っていないというのは不思議なくらいである。藤村もこの前はよく通っているが、店には気づかなかった。

なかに入ると、藤村は驚いた。

「似てるなあ」

店の造りが、千島屋にそっくりなのである。

中庭には、同じような池がつくられていて、鯉も泳いでいる。

その池の周りの席に座った。

昼飯どきだが、客の入りは三割ほどである。

「藤村さん。あたしがおごるよ。なんでも好きなのを」

虎山は、なりなどを見ても、懐具合は豊からしい。

「いいのかい。じゃあ、うな重の松をいただいちゃうかな」

「じゃあ、あたしもそれで」

やはり千島屋と比べると、ウナギの味は数段落ちる。ウナギがふっくらとしていない。タレもちょっとしつこい感じがある。

ごちそうになっている手前、そういうことは言わずに食べていると、

「この池は最近造ったんだよ」

と、虎山は言った。

「そうなのかい？」

「少なくとも三月《みつき》前にはなかったよ」

「ほう」

「あそこの木も新しく植えたな」

正面に紅葉が三本植わっているが、確かに千島屋にも紅葉の木はあった。ただ、二本だった気がする。

「千島屋の真似をしたんだな」

藤村は首をかしげた。

「なんのつもりなんだろうね」

「さあな」

藤村は、うな重を食べ終え、上がりの茶を頼んでから、下駄《げた》をはいて、池の縁に立ってみた。

目を凝らすが、ナマズらしき影は見えない。売れない花魁《おいらん》みたいに派手な色をし

た鯉は十数匹ほど泳いでいる。

席にもどり、

「ナマズはいないな」

と、虎山に言った。

「千島屋の真似をして改装したのに、向こうにはナマズがいて、こっちにはナマズがいない。どういうことかな？」

「難しい算術みたいだな」

と、藤村は顔をしかめた。

夏木は、依頼された猫探しが、意外に手間取った。

鈴をつけた真っ白な猫で、首輪には「チイ」と名前も刺繍《ししゅう》してあるというので、かんたんに見つかるだろうと思ったが、ようやくそれらしき猫を見つけたときは、武士の家の柿の木の上にいた。あいだに生垣はあるが、下に隙間もあり、いくらでも潜り込める。

「にゃあごぉ」

降りて来いと、夏木は猫の言葉で言った。

たぶん依頼の猫だと思うが、いちおう確認しないとわからない。しかも、捕まえて、依頼者のところに連れて行かなければならない。

「にゃあ」

猫はつれない返事をした。

「ほらほら、これをやるぞ」

と、夏木はつねに持ち歩いている煮干しを振った。

木の上の猫に話しかけながら、煮干しを振っている姿は、二年前までは考えられないと、夏木は思った。しかも、それが自分でまったく嫌でないのも不思議だった。

猫は腹が足りているらしく、下りて来るようすはない。しかも、わざわざ玄関口から声をかけ、家の者に猫のことを訊《き》くのもはばかられる。

ここは持久戦に持ち込むことにした。

柿の木の下で一刻ほど待ち、

「にゃごにゃご」

と言いながら、煮干しめあてに下りてきたところを確保すると、やはり依頼者の猫である。抱き上げて、その家まで連れて行ったときには、すでに西の空が薄赤く染まり始めている。

夏木は初秋亭にもどると、上がらずに中にいた仁左衛門に、

「わしは一足先に帰るぞ」

と、声をかけた。

「今日も志乃さまといっしょかい？」

仁左衛門が訊いた。

「なんか女房に連れられているみたいだ。まったく、情けないよな」

そう言いながらも、夏木はそれほど嫌ではないのである。

早春工房は、永代橋から初秋亭に来る途中にある。もともとうなぎ屋になるはずだった一軒家で、広過ぎて持て余すだろうと思いきや、近ごろは近所の女房たちにも手伝わせたりして、けっこう手狭になりつつあるという。

夏木が顔を出すと、志乃はすでに待っていて、すぐに二人で歩き出した。今日はこのところ手伝いに来させている屋敷の女中はいないらしい。

永代橋にかかったところで、

「そういえば、この前、お前たちが土手で草取りをしていたわけを聞いてなかったな」

「ああ、あれですか。じつは、早春工房で女物の印籠《いんろう》をつくってましたでしょう」

「うむ」

「あれにおまけみたいにちょっとした薬草茶を入れてるんですよ」

「薬草茶？」

「加代さんが、昔、香道のお師匠さんから聞いていたものなんですが、それを入れたんです。そうしたら、それを飲んだ人から、あの薬草茶は凄《すご》く効いたので、売ってもらえないかという問い合わせが相次いだんですよ。それでこれは薬草茶だけにしても売れるかもしれないと」

「それで、探してたのか。茶の中身は何だ？」

「柳の枝とクマザサです」

「ほう。面白いな。柳の枝は、痛みに素晴らしく効くという説もある。クマザサは身体を元気にするとかいうのではなかったかな」

「加代さんは、夏のあいだは毎年、これを飲んでいたそうです。そのおかげかどうかはわからないけど、夏負けなどはしたことがないって」

「では、藤村も飲んでいたのか？」

そんな話は聞いたことがない。

「藤村さんは、薬だと言うと飲まないので、味噌《みそ》汁《しる》に入れて飲ませていたのですって」

「あっはっは」

と、夏木は高笑いし、

「それは七福堂で売るのか？」

「とりあえずはね」

「七福堂が薬屋になったら、仁左衛門も驚くだろうが」

「そこまでにはなりませんよ。でも、けっこう儲《もう》かるかも。なにせこういう薬は元手がかかりませんから。おっほっほ」

志乃は楽しそうに笑った。

妻の機嫌がいいというのは、男にとってなによりありがたいことだった。

仁左衛門は、寝転がって句作にふけっている藤村に戸締りを頼むと声をかけて初秋亭を出ると、早春工房に立ち寄った。今日はおさとと耳次が来ているので、三人で家に帰る約束になっていた。よちよち歩きの耳次を連れて歩くのは、仁左衛門にも楽しくてたまらない。

永代橋は真ん中を歩く。耳次が橋の手すりの隙間から落っこちそうな気がして怖いからである。

「ほらほら、そっちは危ないぞ。まっすぐ歩くんだ」

左右に寄り気味になると、肩に手をかけ、方向をもどしてやる。

橋はゆるく湾曲していて、その微妙な坂を歩くのが、耳次には面白いらしい。

「お前さん。ナマズの一件、わかった？」

おさとが歩きながら訊いた。

このところ、初秋亭で扱うよろず相談は、女たちに筒抜けなのだ。誰が話すのかはわかっている。藤村は同心のころから、仕事の話は家ではしないのが習慣になっている。夏木が帰り道でなんでもしゃべってしまうのだ。

「ああ、あれはまだだ」

藤村が今日、同業の千両屋を見てきた。店の造りが千島屋そっくりで、どうやらこの数か月のあいだに真似をしたらしい。それとナマズがどういう関係かはわからないが、千両屋が怪しいのは間違いないと確信したらしい。

だが、仁左衛門はどうしても三人組が気になるのだ。

――なにが、そんなに気になるのだろう？

仁左衛門は歩きながら考えた。

あの三人はまだ若い。ということは、お互いへの思いも、まだまだ生臭いはずである。競うような気持ちもなければ、もはや裏の思惑を探ることもない、初秋亭の三人とは違うのだ。

しかも、一人はきれいな若い女である。

女はご亭主が亡くなって、いまはやもめ暮らしのはずである。ああして毎晩、外で飲み食いしているようでは、たぶん屋敷は出ているか、出るつもりなのではないか。

ということは、男二人に口説く余地があるのだ。

棟梁《とうりょう》も戯作者《げさくしゃ》も、間違いなく奥方を好いている。たぶん、子どものころから好きだったのだろう。

いったんは手の届かないところに行ったが、またもどって来た。

奥方のほうも、まんざらでもないのだ。

毎日、ああして楽しそうに飲み食いしているが、内心では男同士の鍔迫《つばぜ》り合《あ》いがおこなわれているに違いない。

男たちのほうは、なんとか敵を蹴落《けお》としたいに決まっている。

奥方はどっちが好きなのだろう。どっちに落ちるのだろう。

棟梁と戯作者を思い描いた。

そのとき、閃《ひらめ》いた。

「あ」

思わず、立ち止まった。

「どうしたの、お前さん？」

「いや、わかったんだ」

「なにが？」

「ナマズの謎だよ。ちっと初秋亭にもどるから、急いで」

仁左衛門は長屋の入口まで二人を送ると、初秋亭に引き返した。

藤村は暗くなった部屋で、できたらしい句を書きつけているところだった。

今日は来ないことになっていたのだが、仁左衛門と藤村が顔を出したので、

「あ、今日は席がふさがっちゃって」

と、あるじは言った。

「いや、池の近くでなくていいんだ。それより、三人組の近くがいいんだけど」

「三人組の？」

「うん。もしかしたら謎は解けたかもしれない」

仁左衛門がそう言うと、あるじは嬉《うれ》しそうに、三人組の隣の席へと案内した。毎日ナマズの顔を見ているうち、だんだん不安になってきていたらしい。

「なるほど、いいところに目をつけたな」

藤村は三人組をさりげなく見て言った。

「だろう？」

「だが、これを証明するのは難しいな」

「そうなんだけどさ」

仁左衛門も、そこは来るあいだに、だんだん不安になっていたのだ。

今日もいつものようにいかにも愉快そうに話し、飲み食いしている。だが、あらためて見ると、棟梁も戯作者も、互いを見るときに、きらりと目が光るのである。ときに眼光は、小さな刃物になるのである。

奥方が一度、席を立った。厠《かわや》に行ったのだろう。

二人きりになった。二人は目を合わさず、会話もなかった。戯作者は、「ふう」と小さくため息までついた。

奥方がもどると、また楽しげな三人になった。

それから少ししたときである。

戯作者がなにげなく立ち上がり、池のそばに行くと、池を眺め始めた。

奥方と棟梁は、あいつ何してるんだという顔で、戯作者の背中を見ていたが、戯作者はふいに振り向いて、

「おい、この池にはナマズがいるぜ」

と、二人に言った。

「ナマズが？　鯉じゃなくて？」

「ナマズ。おっきなやつ。何匹もいるぜ。ほら、来てみなよ」

「どれどれ？」

奥方と棟梁も立ち上がって、池のほとりに行き、しゃがみ込んだ。

「ほんとだ、ナマズだ」

奥方が言った。

「ナマズってのはさ、一見うまそうに見えるが、食うとぜんぜんたいしたことがねえんだよな」

戯作者はそう言った。

仁左衛門がこれを聞き、嬉しそうに藤村を突っついた。

「おう、仁左の睨《にら》んだとおりだ。始まったな」

「ああ、ここからだぜ」

　二人は、三人のやりとりに耳を傾けた。

「あら、おいしそうだけどね」

「生憎《あいにく》だがね。そのくせ、こいつは賤《いや》しいんだ。口をよおく見てみな。ものを食うときの面を。なんか食わせてみようか」

　戯作者は自分のお膳《ぜん》から刺身をつまんできて、目の前のナマズに放った。

「うわあ、凄《すご》い口」

「気味悪いだろう、ナマズって。この黒い肌も見てみなよ。ぬめぬめってしちゃって。ぺたあーってくっつくぜ」

「やあだあ」

　そこで三人の会話が途切れた。

　それぞれ黙って、池の中のナマズに見入っているらしい。

「戯作者の思惑はうまくいったのかね」

　と、藤村がつぶやいた。

「どうだろう」

仁左衛門はなりゆきを凝視している。

「言われてみたら、あの棟梁、ほんとにナマズに似てるな。色が黒くて、丸顔で、唇が分厚くて横に広がって、目がつぶらで、あれで薄い髭《ひげ》でもあれば、まさにナマズだ」

「だろう？　あっしもふっと気がついたんだ。そしたらぱあっと、戯作者の思惑に気づいたんだよ。あいつは奥方に、棟梁がナマズに似ていることを教えたかった。だが、それを露骨に言ったりはしない。戯作者らしく、あいだにほんとのナマズを置いて、そいつの悪口を言うことで、嫌悪感を催させようとしたんだ。もちろん、ナマズじゃなく、棟梁に対する嫌悪感だよ」

「戯作者が考えそうなことだな。ねじ曲がってて、まどろっこしいや」

藤村は鼻で笑った。

ところが、そこから意外ななりゆきになった。仁左衛門もそうなるとは予想していなかった。

「あたし、ナマズってなんか好き」

と、奥方は言った。

「え？」

戯作者が驚いた。

「可愛いじゃない。愛嬌《あいきょう》があって……」

そう言って話を止め、

「そういえば、定吉《さだきち》さんてナマズに似てる」

棟梁をじいっと見た。

「おいらが？」

「ほら、黒くて、丸顔で、唇のかたちも。あ、可愛い。定吉さんて、可愛いんだ。いま、初めてわかったよ」

「可愛いか、おいらが」

棟梁は苦笑している。

戯作者のほうが呆然《ぼうぜん》としている。

夏木もナマズが可愛いなんて言っていたが、変わった美感の持ち主は、ここにもいたのである。

「あ、なんだか突っつきたい」

人差し指を出して、棟梁の頬を突いた。

「そんなに可愛いんだったら、おいらといっしょになってもいいんじゃねえのか？」

勢いで言えたという感じの言葉だった。

「え？　あたしが定吉さんと？」

「駄目かい？　ずっと好きだったんだぜ」

「駄目じゃないけど、ほんとに!?」

「こういうのは直感が大事だ。おいらたち、けっこううまくいくんじゃねえのか」

「ほんとだね。うん、あたしも定吉さんといっしょになりたい」

「決まりだ。祝言だ！」

棟梁は喜びのあまり叫んだ。

なんとまとまってしまったではないか。

このようすを見て、

「仁左。見事な謎解きだった」

と、藤村は言った。

「いやあ、まぐれだよ」

「そんなことはねえ。だが、おいらも千両屋の別の思惑に気がついた。ナマズの疑惑を取っ払ったら、そいつが見えてきた」

「千両屋の？」

「とにかく、ここのあるじに教えてやろうじゃねえか」

藤村と仁左衛門は、飲みなおしている三人組を見て、それから帳場のほうへ向かった。棟梁《とうりょう》と奥方は嬉《うれ》しそうに膝《ひざ》を寄せ合い、戯作者は引きつった笑顔で、茶碗酒《ちゃわんざけ》になっていた。

翌日——。

昼前ごろになって、千島屋のあるじが初秋亭にやって来た。

「昨夜はどうもありがとうございました」

「聞いたよ。藤村と仁左が見事に解決したって」

と、夏木が言った。

藤村は出かけていて、仁左衛門は夏木の後ろで微笑んでいる。

「これは些少《さしょう》ですが」

と、羊羹《ようかん》の箱を差し出した。

「なんだな。何度もごちそうになったんだから、礼はもう充分だよ」

「まあ、そうおっしゃらずに」

「面白い秘密だったな」

と、夏木は言った。

「ほんとです。うちの仲居に確かめたら、伊達屋酔狂さんがいつもほかの二人より先に来ていたそうです。そのとき黒い革の大きな手提げ袋を持っていたというから、たぶんそれにナマズを何匹かずつ入れて来て、池にそっと放していたのでしょう」

「なるほどな」

「まあ、悪事などはからまなかったのでよかったです」

「まったくだ。だが、千両屋のほうはどうだった？」

と、夏木は訊《き》いた。藤村の推察は聞いたが、それが当たっていたかはまだ確かめていないのだ。

「それも、藤村さまの推察どおりで、うちの板長が千両屋に給金を二倍にするから、こっちに来てくれと誘われていたそうです」

「やっぱり」

と、仁左衛門が言った。

「それで、うちの板長はあたしにずっとよくしてもらってきているし、この店の雰囲気ぜんぶがおれは好きなんだと、そう言って断わっていたそうです」

「そこで、あっちも千島屋そっくりに改装したってわけだ。雰囲気というのは、見た目だけではないのにな。そういう頓珍漢《とんちんかん》なところが、店が流行《はや》らぬ理由になっているとわからぬのかな」

「とにかく、初秋亭の方々のお知恵には感服しました」

千島屋はもう一度礼を言い、帰って行った。

もらった羊羹は、早春工房に持って行ってやろうかなどと言っているところに、藤村がもどって来た。

「藤村さん。千両屋の件も当たってたよ」

と、仁左衛門が言った。

「そうか。だが、あれは仁左のおかげだ」

「そんなことはないよ」

「いやいや。これで仁左が夏のあいだいなくなったら、初秋亭は夏痩《なつや》せどころか夏惚《ぼ》けになっちまう」

「うまいこと言って」

「行くのか、内藤新宿には？」

「そのつもりだけど」

おさとはなんとか説得するつもりである。

「そうなのか」

藤村は、じっと仁左衛門を見た。

「でも、今度の地震はとんでもなくでっかい気がするんだよ」

仁左衛門は自分の見たのは正夢だと、まだ信じているのだ。

「ほんとに行くのか」

と、夏木も仁左衛門を見た。

「ううん、二人にそんなふうに言われると、つらいとこだなあ」

「……」

二人は黙っている。

「だが、あっしだけもどって来て、二人がいなくなってたら、ずうっと寝覚めが悪いだろうね」

「おいらは化けて出るぜ」

藤村がそう言うと、

「逃げるより対策だろう」

夏木は代案を出した。

「対策？」

「この建物や仁左の家を補強したりするのだ。竹など使うのもいい。竹は地震に強いんだろう?」

「まあ、やれることは、いろいろあるだろうね」

「そういう細かいことは、仁左でないと思いつかぬぞ」

「そうかあ、対策かあ」

「頼むよ、仁左」

「頼むよ、仁ちゃん」

　なんだか四十年前のつづきをやっている気がしてきた。「仁左、もう帰るのか?」「おいらたちを置いてくのか?」「置いてくわけじゃないよ。わかったよ、まだいるよ」

　そうやって暗くなるまで遊んでは、家に帰ってしこたま怒られたものだった。

「そうだな。今回は思いとどまって、対策を施すかあ。そのほうが近所のためにもなりそうだし」

　仁左衛門がそう言うと、夏木も藤村もホッとした顔をした。

　仁左衛門はしょうがねえかというようにため息をひとつついたあと、ポンと手を打って、

「あ、そうだ。千島屋からナマズを一匹もらって来よう」

「ナマズをどうするんだ？」

「ここに甕《かめ》を置いて、ナマズを飼って、毎日、ようすを見るんだよ。変に暴れたりするようだったら、いよいよかもしれないからね」

「ま、好きにしてくれ」

藤村が苦笑し、

「猫に食われても知らんぞ」

夏木がのん気そうに言った。

二人は、ナマズの予知などまったく信じていないようだった。

第二話　計略の猫

一

今日も夏木権之助が最初に初秋亭に来て、しばらくしてから藤村慎三郎、七福仁左衛門が来たのはお昼近くなってからだった。

仁左衛門は、籠《かご》を下げて二階まで上がってきたが、それには妙なものがいっぱい入っている。

「なんだ、それは？　耳次のためのおもちゃか？」

夏木が訊いた。

「そうじゃない。これで初秋亭を補強するんだよ」

と、一つ取って、夏木と藤村に見せた。三角のかたちの木片である。

「そんなもので？」

「ああ。近所の大工の棟梁《とうりょう》に相談したんだよ。家を頑丈にするにはどうしたらいいって。棟梁が言うには、建てるとき、柱と梁《はり》が交差するところに斜めの梁を打ちつけておくと、家の強度は俄然《がぜん》高まるんだそうだ。やってない家がほとんどだけど、棟梁はやるようにしてるんだと」

「へえ」

「でも、それは建てるときだからやれるんで、すでに建ててある家はどうしたらいいか訊《き》いたら、この三角の木片を柱と敷居や、柱と梁が交差するところに打ちつけておいたらいいんだとさ」

「そんな小さな木片でもよいのか？」

藤村が訊いた。

「いいんだと。それで、あっしはもううちの長屋に打ちつけてきたよ」

仁左衛門が住んでいるのは、箱崎《はこざき》にある長屋だが、これは自分の家作で、大家をしながら自分も住んでいる。

仁左衛門が寝るのは二階である。おさとと耳次と、〈川〉の字になって寝る。部屋は六畳間だが、さほど荷物はない。地震のときは、簞笥《たんす》などが倒れてきて、それに潰《つぶ》されて死ぬことも多いというが、その心配はない。

ただ、一階に簞笥が二つあって、それが倒れたら大変なので、柱や梁を補強するだけでなく、箪笥に丈夫な紐《ひも》を回し、まるで罪人みたいに柱と結んでおいた。あれなら倒れることはないだろう。おさとが見たら、みっともないと文句を言うだろうが、潰れて死ぬさまのほうが、もっとみっともないのだ。

「わしの竹を使う案は駄目かのう」

と、夏木は言った。

「それも棟梁に訊いてみたよ。柱や梁を竹で補強するのはどうかって？　それはいいかもしれねえとさ。ただ、見た目が変になってもしらねえと」

「その三角の木片よりはましなんじゃないか？」

「わかった。それじゃあ、これをやってから、竹の補強もやろうじゃないの」

仁左衛門はそう言って、一階に下りて行った。

夏木はしばらく柱を撫《な》でたりしていたが、

「じつを言うと、わしは仁左から内藤新宿に逃げようと言われたとき、気持ちが動いたんだよ」

と、神妙な顔で言った。

「そうなのかい？」

「なあ、藤村。もしかしたら、あのとき仁左の言うことを聞いておけばよかったと思うときが来るかもしれないぞ」

「それはたしかにわからねえよ」

藤村はうなずいた。

「夏木の家というのはな、もともと徳川《とくがわ》の家臣ではなかったのだ」

「え？」

藤村は何を言い出したのかと、怪訝《けげん》そうに夏木を見た。

下では、とんとんと仁左衛門が釘《くぎ》を打ちつける音がつづいている。

「出は甲斐《かい》で、本来は武田《たけだ》の家臣だった」

「ふうん」

「わしの元の実家の黒川《くろかわ》の家などは、出は九州だったようだ」

「九州？」

「そう。それで、関ケ《せきが》原《はら》のときに旧主を裏切って徳川方に入り、そこで手柄を立てて取り立てられたそうだ」

「へえ」

「その前は海賊のようなことをしておったようだ」

「海賊かい」

「つまり、転々としたわけさ」

「なるほど」

「それで、わしが思うにだな、人間というのはしょせん、流浪の民ではないのかね」

「流浪の民？」

「そう。大地にしがみつき、そこに根を張って暮らすのが素晴らしいことのように思っているが、しかし、大地というのは震動する。津波に襲われもすれば、山が火を噴くこともある。川の氾濫《はんらん》のように治水工事などで防げるものなら防ぐが、大地の力はそんなものではない。そういうとき、人はなまじ立ち向かおうなどとはせず、逃げることも考えたほうがいいのではないのか。仁左のようにな」

「……」

「わしは、長い人の歴史を考えれば、人は遥《はる》かな旅をしつづける、そういう宿命なのではないかと思うのさ」

　夏木は目を細め、まるで神話に出て来る預言者みたいな顔で言った。

「だが、仁左の場合はちょっと逃げて、またもどろうというだけだからね。遥かな旅のことまでは考えてねえと思うぜ」

「それはそうだが、基本のところは、もっと柔軟に考えたほうがいいのかなと思ったのさ。だから、仁左がほんとに凄《すさ》まじい地震がやって来ると思うのだったら、逃げてみてもよいではないかと。なにもなければ、それは幸運だったと思えばよいのだから」

「ううむ。人はしょせん流浪の民か。なんだか、夏木さんの話に初めて感動した気がするぜ」

「おい」

「いや、おいらのとこのような同心なんて戦になりゃあ足軽程度の身分だけど、それでも子々孫々までつづいていくような気がしているが、そんなわけがねえ。夏木さんの話を聞いたら、たしかに人間、頑《かたく》なになってしまうのはいかんなと思ったよ」

「そうか」

「でも、今度の仁左の勘は違うと思うぜ」

「ほう」

「この前も言ったけど、あいつ、当たるときもあったけど、ああいうことはしょっちゅう言ってて、ずいぶん外してたからね」

「やっぱり」

「しかも、昨日、おさとそこで会ったので訊いてみたら、近所で杭打《くいう》ちの工事をやってるんだと。それで揺れて夢を見たんですよと言ってたよ」

「あっはっは、そうなのか。だが、まあ、補強などはやっておいても、損はないだろう」

「まあね」

そこまで話したところで、仁左衛門が上がって来て言った。

「さて、次はこっちだ」

一通り三角の木片を打ちつける作業が終わると、仁左衛門と夏木は、竹を買いに行くことになった。

「おい、今日は夕方から句会があるんだぜ」

と、藤村は言った。

「あ、そうだったな。まあ、なんとかなるだろう」

夏木は軽い調子で言った。

「いいねえ、二人とも。才能に恵まれていて。おいらなんざ、今日の題をいろいろ想定しといて、やっとなんとかなるくらいだからな」

「藤村がいちばん熱心だってことだよ」

一歩あるけば一句できるとつねづね豪語している仁左衛門は、もちろんそれで悩むことなどない。

二人がいなくなり、藤村は句帳を取り出し、窓辺に座った。

師匠の入江《いりえ》かな女《じょ》のことをちらりと思った。

一時期、藤村とのあいだが、怪しい雰囲気になったことがある。だが、それはどうにか落ち着いた。かな女という女は、どうも危なっかしいところがある。以前は、売れない役者と長く付き合い、別れたあとで寂しさもあったのだろう、藤村と怪しくなり、これに息子の康四《こうし》郎《ろう》までからんで、いったいどうなることかとハラハラした。

さらに、かな女はげむげむにも入信しかけ、危ないところで目が覚めたりもした。

——女として難しい時期なのか。

とも思うが、加えて俳句などに特殊な才能がある人間独特の、感じ過ぎる悩みなどもあるのかもしれない。

あれから半年ほど経ったが、

——たぶん、まだまだ落ち着くことはない。

そう思うと、いまは娘を心配するような気持ちもわいてきている。

今日の句会は、木場《きば》のほうから流れている大島川に架かる黒船橋界隈《くろふねばしかいわい》でやることになっている。

とすると、どうしたって橋からの光景が題になるだろう。

——今日あたりの光景は……。

考えていると、

「ごめんください」

と、下で声がした。なにか相談ごとらしい。

居留守を使うのもなんなので、階下に降りて行くと、六十過ぎくらいの身なりのいい町人がいた。

「どうしたい？」

「ええ、あたしはそっちの巽橋《たつみばし》のたもとの一軒家に住んでいる藤兵衛《とうべえ》という者なんですが」

「巽橋のたもとの一軒家というと」

「屋根に獅子頭《ししがしら》を載せているので目につくかと」

「うんうん、あるねえ。立派な家だ」

「なあに、隠居家ですので、たいしたことは」

「相談ごとかい？」

「そうなんです。じつは、猫のことなんですが」

「ああ、猫のことなら、夏木さんという人がいるときに来てもらったほうがいいね。なにせ、深川の猫の半分くらいは知ってる人だから」

もちろんそれは大袈裟《おおげさ》であるが、夏木に猫探しの才能があるのは間違いない。藤村や仁左衛門も猫探しをしないわけではないのだが、まず見つけたためしがない。いまでは完全に夏木まかせになってしまった。

「それは凄《すご》いですね」

「あんたのところも、いなくなったんだろう？」

「いや、そうじゃないんですよ。うちで飼ってた猫が、いつの間にかあたしの猫じゃなくなってましてね」

「どういうことかな？」

「うちは三毛猫を飼ってるんです。それで、昨日、膝《ひざ》の上にいるのを見たら、模様が違っているじゃありませんか。あたしの猫じゃないんですよ」

「ほう」

「微妙な違いですよ。でも、よくよく見ると、黒いところと、茶色いところの大きさが違ってるんです」

「なるほど。それは飼い主じゃなきゃわからない、というか、飼い主だからわかったんだよな」

「そうです、そうです」

「じゃあ、夏木さんにそのことも言っておくよ。遠くには行ってないから、一刻《いっとき》もしたらもどると思うがね」

「そうですか」

「もどったら、お宅に伺えばいいんだろう？」

「ええ。お待ちしてます」

　藤兵衛はそう言って、帰って行った。

　見送ったあと、外に出てみると、隣の番屋に藤村の息子の康四郎と、相棒の長助《ちょうすけ》が来ているのが見えた。

　藤村康四郎は、いまやれっきとした本所《ほんじょ》深川回りの同心である。また、同時に長助に十手を預けたので、相棒のほうも一人前の親分となった。

　町回りのふだんの仕事は、各町にある番屋に立ち寄り、町内に面倒ごとはなかったかと訊《き》いて回ることで、隣の番屋にいるのはなんの不思議もない。

番屋に詰めている町役人と話す康四郎を見て、藤村はひと月ほど前にした会話を思い出した。

晩飯を終え、めずらしく家で三人がくつろいだ雰囲気になっていたとき、

「わたしは、本所深川に住んでいる者の顔と家をすべて頭に入れようと思ってまして」

と、康四郎は言ったのである。

「顔と家をすべてだって？」

「ええ」

妻の加代は、

「凄いわね。それがやれたら、本所深川の住人だって、町方に守られていると思ってくれるかも」

などと、康四郎を褒めるようなことを言った。

だが藤村は、

「本所深川には何人住んでるんだ？」

と、訊いた。もちろん、知っていてである。

「何人？　それは大変な数でしょう」

「ぜんぶ覚えるつもりなら、だいたいの数を知ってなきゃならねえだろう」

「それはそうですが、わたしが覚えるのは町人だけですよ。武士と僧侶《そうりょ》や神職は抜きでですから。それだと、だいたい一万人くらいはいるのでは？」

「馬鹿言っちゃいけねえ。江戸の町人の数は、ざっと五十七万人だ」

「そんなに」

「しかも、江戸中にばらけていると言っても、町人が多く住むのは、圧倒的に日本橋の北と南だ」

「なるほど」

「本所深川は芝《しば》や浅草界隈とともに、日本橋界隈の次にいっぱい住んでいる。その数は合わせて、ざっと四万六千人」

「え」

康四郎は啞然《あぜん》とした。

藤村はやめろとは言わない。そもそも、息子の仕事ぶりにはできるだけ口を出さないということでやってきた。

だが、そんなことはやれるわけがない。藤村自身、三十年ほど本所深川回りを担当していたが、顔と家を覚えているのはせいぜい千人くらいではないか。もちろん、覚えても亡くなってしまった人もいっぱいいる。

　顔と家を覚えるのに努力するよりも、もっと大事なのは、臨機応変にいろんな可能性を考える力を養うことだろう。ただ、それは努力より、才能がなせる技なのかもしれない。

　藤村のそのときの態度に、加代は怒ったらしく、

「どうしてあなたはああいうことをおっしゃるのですか。若い者の考えることは気宇壮大でよろしいではありませんか」

と、厳しい目でなじられたものである。

「おい、康四郎」

と、藤村は息子を呼んだ。

「あ、父上」

「ちっと訊きてえんだが、この先をずっと行ったところの巽橋の右手に、屋根に獅子頭を載せたこじゃれた家があるんだがな」

「ああ、ありますね」

「誰が住んでるかわかるか？」

康四郎に訊かなくても、番屋で訊けばわかることである。

「あそこは、西雲堂《せいうんどう》の隠居が住んでますよ」

康四郎はすぐに言った。

「西雲堂？」

「ほら、永代橋を渡ってから、豊海《とよみ》橋《ばし》のほうに渡ると、大きな仏具屋があるでしょう。あそこのご隠居ですよ」

「そうなのか」

「名前はたしか藤兵衛といって、六十七、八の身ぎれいな人ですよ」

「ああ」

当たっている。

「あの家は、見るからに金持ちの隠居の住まいで、泥棒にも狙われやすそうなので、わたしも前を通る際は、とくに気をつけています」

「……」

藤村にも文句の言いようがない仕事ぶりではないか。

「何かありましたか？」

「うん。猫が入れ替わっていてな」

「猫が……」

康四郎は長助を見て苦笑いをし、呆《あき》れたような顔をして行ってしまった。

「なんだ、あいつは」

藤村はムッとしたが、しかしなんとなく敗北感を覚えたのだった。

「おやじのやつ、おいらを試したんだよ」

歩きながら、藤村康四郎は長助に言った。

「そうなの？」

「このあいだ、本所深川の人間の顔と、家をぜんぶ頭に入れるつもりだと言ったら、鼻でせせら笑ったんだ」

「あ、あれ、言ったんだ。そりゃ笑うよ」

と、長助は言った。

二人で回っているときに思いついて話し合ったことである。もちろん真面目な話で、ただ容易ではないとは、二人ともわかっている。

「本所深川に町人は四万六千人くらいいるんだと」

「そんなにいるんだ」

「しかも、悪事を犯したりするのは、番屋の人別帳にも載ってないやつが多いからな」

「そうだよね」

「でも、その努力が大事じゃないか」

「まあね」

「二人がかりでやればなんとかなるかも」

「そうか、分けるって手もあるね」

「おいらは女の顔を覚えるから、長助は男ってのはどうだ？」

「そりゃないよ、康さん」

長助は笑って言った。

だいたいが、江戸は男の数が圧倒的に多く、女は男の十分の一程度しかいない。当然、ほとんどが独り身である。

「じゃあ、おいらは二十五から下で、長助は二十五から上ってのは」

「年寄りをおっつける気かい」

「しょうがねえ。まずは分けないで、ぜんぶ覚えるつもりでやるか」

「そうだよ」

二人は、ゆっくり町を見回しながら歩いて行く。四万六千人くらい、覚えられなくはないという気がしている。

二

一刻《いっとき》足らずで、竹を買いに行った夏木と仁左衛門がもどって来た。

だが、竹の束など抱えていない。

「あれ？ 竹はどうした？」

藤村が訊《き》いた。

「数が多いんで、明日《あした》、荷車で持って来てもらうことにしたのだ」

と、夏木は言った。

「何本頼んだんだい？」

「百本ほどだ」

「百本？ 大川に杭《くい》でも打つ気かい？」

大川の本所あたりに、百本杭《ひゃっぽんぐい》と呼ばれている一角がある。流れをゆるくして岸が浸食されるのを防いでいるのだが、ときおり土左衛門《どざえもん》が引っかかったりして、妙な名所になっている。

「見ていたら、仁左が別の使い方を思いついたのだ」

「おい、仁左。ここで竹馬屋なんかやらねえぞ」

「違うよ。竹で筏《いかだ》をつくっておくのさ」

　と、仁左衛門は言った。

「筏？」

「津波が来たときに使うんだよ」

「ほう」

「津波だと、波に飲まれて死んじまうんだ。泳げるつもりでいても、材木だのなんだのが打ちつけてくるから、それで怪我して泳げなくなっちまう。でも、とりあえず竹の筏に乗っていれば、溺《おぼ》れずには済むだろう。そりゃあ舟のほうがいいが、ここに置いとくわけにはいかないよ」

「考えたな」

　藤村は感心した。

「竹の筏なら、縛るだけで簡単にできる。丸めて立てかけておけば、たいして邪魔にもならないだろ。二つつくって、早春工房にも置いといてやろうと思ってさ」

「そりゃあいい」

こんなふうに細々としたことに気がつくのは、仁左衛門ならではだろう。

「そうだ。夏木さん、依頼が来たんだ。猫のことだ」

藤村は言った。

「いなくなったのか？」

「いなくなったんだろうが、ニセモノがいるんだ」

「なんだ、それ？」

と言った夏木に、藤村が説明した。

「それは妙な話だな」

「西雲堂っていやあ大店《おおだな》だ。その隠居だから、金には不自由しねえ」

「悪事がからむ恐れもあるわけか」

「まあね。とりあえず、見に行ってみようよ。おいらも興味が湧いてきてるんだ」

「わかった」

と、三人いっしょに訪ねようとしたところ、

「ねえ、夏木さま、藤村さん。なんだか地面が揺れてないかい？」

仁左衛門が少し怯《おび》えたような顔になって訊いた。

「え？　揺れてなんかいないぞ」

　夏木が足を踏ん張るようにして言った。

「そうかい？　おかしいな」

「めまいじゃねえのか？」

　藤村が訊いた。

「いや、目は回ってないよ。足元が揺れた気がしたんだ」

「おい、仁左。横になって休んだほうがよいぞ」

　夏木は心配そうに言った。

「大丈夫だよ」

「いや、気をつけたほうがいい。わしも中風《ちゅうぶ》のとき、めまいがしたのだ」

「だから、めまいじゃないって」

「いいから、休め」

「わかったよ」

　と、仁左衛門は寝ないまでも、しゃがみ、柱に背を預けるようにした。

「具合が悪くなったら、番屋に声をかけるんだぞ。言っておくから」

「言わなくていいって。たいしたことないから」

仁左衛門は苦笑して言った。

「大丈夫かな、仁左は？」

歩きながら夏木が言った。

「大丈夫だろう。顔色も別に悪くなかったし」

「地震のことが頭にあるからだろうな」

「仁左は昔から嫌いなんだよ、地震が」

そんな話をするうち、巽橋が近づいて来た。

「あれだな」

「ああ。あの家か」

こじゃれた造りで、このあたりでは目立っている。

たしかにいかにも金持ちの家である。それほど凝った造りではないが、どっしりして、材料も一級品を使っているのがよくわかる。

「ごめんよ」

と、声をかけると、まず出て来たのは若い女中で、二階に声をかけると、当の隠居の藤兵衛が降りて来た。

「これはわざわざ。どうぞ、どうぞ」

上がり口が四畳半。奥が庭に面した六畳間で、階段の裏に台所と、女中部屋もあるらしい。

「おはな。お茶と羊羹《ようかん》を」

言われてまもなく、おはなは二人にお茶と羊羹を持って来た。

まだ十七、八といったところだろう。目立つような器量よしというのではないが、若いがゆえの、溌溂《はつらつ》さを漂わせている。

「どれかな、ニセモノの猫というのは？」

夏木が訊いた。

「いまは、庭に出ているようですが」

と言い、

「おい、にゃん吉《きち》。にゃん吉」

呼んでも来ない。

「ニセモノだったら名前は違うだろうから、呼ばれてもわからないのではないか？」

「でも、この三日ほどは、にゃん吉で通しましたので」

「いくつだ、その猫は？」

「ええと、五歳になりますか。亡くなった家内が飼って、でも三年前に家内は急な病で亡くなったんです。すると、それまでは猫なんかたいして可愛いとも思ってなかったんですが、なんか家内が置いてってくれたものみたいに思えてきて、いまでは可愛くてたまらなくなりました」

「そう、可愛いんだよ」

夏木も昔から可愛いと思っていたわけではない。過去には大失敗もある。

「でも、猫ってのはよくわからないところがありますね」

と、藤兵衛は言った。

「わからない？」

「ええ。何を考えているのかが」

「そうだな」

犬と猫と両方飼っている人の話を聞いてもそういうことは言う。犬のほうがわかりやすいらしい。犬のほうが頭がいいからだという人もいる。だが、よくわからないところが猫の魅力でもあるのだ。

「女ごころと似てるかもしれませんな」

「まったくだ」

「猫好きは助平《すけべえ》だという話も」

「うむ。わしに関しては当たっているな」

と、夏木は笑い、

「猫に目印はつけていなかったのか？」

「首輪と鈴をつけておいたのですが、それはいっしょです。本物のにゃん吉から外して、ニセモノのほうにつけたのでしょう」

「まあ、首輪なんかは、付け替えればいいだけだからな」

「はい」

「でも、来てからはずっと、この家にいるんだ？」

「います。図々《ずうずう》しく、何年もいるみたいに」

「まあ、猫ってのは図々しいわな。ところで、にゃん吉とか呼んでいたが、それは牡《おす》じゃないよな？」

「牝《めす》です」

「なのに、にゃん吉か」

「深川芸者が男の名をつけますでしょう」

「なるほど、それに倣ったわけだ。もし牡だったら、連れ去られることもあるが、牝じゃ違うな」

夏木がそう言うと、藤兵衛は不思議そうに、

「なんで牡だと連れ去られるんです？」

「三毛猫の牡は滅多にいないのだ。それで縁起物みたいに珍重されるのさ」

「そうなんですか」

藤兵衛は初めて聞いたらしく、驚いた顔をした。

「ところで、ご隠居さんは豊海橋のところの西雲堂のあるじだったんだってな？」

と、藤村が訊《き》いた。

「そうなんです。隠居して、もう五年になりますが」

「大店の隠居の家は気をつけねえと駄目だぜ」

「ありがとうございます。いちおう、あたしが寝る二階は、上がり口に頑丈な戸をつけてますので」

「なるほどな」

女中は殺されても、自分は助かるのかい、と藤村は思ったが、そういうことは言わない。

「なかなか来ないな？」

夏木はもう一度、庭を見た。

十坪ほどの庭で、小さいが築山《つきやま》もあれば池もある。草木がびっしりと生い茂っているが、選んで植えたものばかりで、ちゃんと侘《わ》び寂びを感じさせる。

「本物のにゃん吉も、草むらに潜り込んだりして、呼んでもなかなか来なかったんです。餌で釣りますか」

と、皿を堅そうなイワシの干物で叩《たた》きながら、もう一度呼ぶと、

「にゃあ」

庭の隅から三毛猫が現われた。

三毛猫はひょいと縁側から跳び移ると、藤兵衛の膝《ひざ》に乗り、毛《け》艶《づや》を気にするように、身体を舐《な》め始めた。こそ泥のようにやって来て、箱入り娘のように膝にいる。

「こいつがにゃん吉のニセモノなんです」

藤兵衛は、不思議そうではあるが、さほど嫌そうではない。

「贋物《にせもの》にしては、なついているようだな？」

と、夏木は言った。

「なあに、もうなんべんも餌をやってますんでね」

「そうか」

「でも、このあたりは、本物のにゃん吉は茶色だったんです」

と、藤兵衛は猫の腹あたりを指差した。

「ちと猫の通り道をたしかめさせてもらうぞ」

と、夏木は庭に下りた。

ぐるりと塀を回しているが、土手につづいている一か所は生垣になっているので、猫はここから自由に行き来できるはずだった。

「取り替えられたとすると、何のためにそんなことをしたかだが、思い当たることはないのか？」

夏木は庭から藤兵衛に訊いた。

「ありません」

「猫の身代金を出せというような文《ふみ》は来てないのだな？」

「ええ」

「だが、本物はどこかにいるわけか」

「無事でいてくれるといいのですが」

「とりあえず、界隈《かいわい》を回って、気になる三毛猫を当たってみるか」

「お願いします」

藤兵衛が頭を下げると、ニセモノのにゃん吉は、イワシの干物を咥《くわ》えたまま、二階に上がって行った。

「猫のかどわかしに、替え玉まで用意するというのは何だろうな？」

隠居家を出るとすぐ、藤村は言った。

「うむ。妙な話だな」

「若い女中がいたね」

「ああ」

「どう思う？」

「できてるかどうかか？」

「うん。そういうことは、おいらより夏木さんのほうが目利きだから」

「さっきは、猫のほうにばかり頭がいってたからな」

「夏木さん、前だったら、猫より娘のほうに頭がいったのになあ」

「まったくだ。よし、次はじっくり見てみるよ」

初秋亭にもどると、仁左衛門の姿が見えない。

「おい、仁左！」

夏木が大声で呼んだ。

「二階だよ」

と、声がして、仁左衛門はとんとんと階段を降りて来た。

「大丈夫か、仁左」

「ああ。なんともないよ」

「めまいだったんだろう？」

「いや、目なんか回ってなかったよ。足元が揺れてる気がしたのさ。やっぱり地震の予感じゃないのかねえ」

「それは気にしすぎだと思うぞ」

「そうかねえ。あ、ここも補強しなくちゃ」

と、仁左衛門は階段の上がり口のところにも、三角の木片を釘《くぎ》で打ちつけ出した。

そのようすは、とても具合が悪いようには見えない。

と、そこへ――。

「お前さま」

夏木の奥方の志乃が顔を見せた。

「どうした？ 今日はお前と逢引《あいび》きはできないぞ。句会があるのでな」

「また、くだらないことを。そうじゃなくて、ちょっと、ちょっと」

外へ出て来いというしぐさをする。

「なんだな」

夏木は外に出て訊いた。

「お前さま。洋蔵《ようぞう》が帰って来ますよ」

志乃の顔がほころんだ。

洋蔵は夏木家の三男坊で、去年、書画骨董《こっとう》を学ぶため、京都に行ったのだった。

それからすでに、一年以上が過ぎている。

「そうか」

本当は、先月ぐらいに帰って来るはずだったが、なんでも有名な寺で何十年に一度の秘宝を見せるので、それを見てから帰りたいと報《しら》せて来たのだった。

駄目とも言えず、志乃は首を長くして待っていたのである。

「名古屋で飛脚便を出してくれたのです。これです」

開いてみせた。

たいしたことは書いていない。いま、名古屋で江戸に向かっていることと、日付けがあるだけである。

「うむ」

「明日《あした》くらいに着きますか？」

「そんなに早くは着かぬ。飛脚は速いからな。あと四、五日はかかるだろう」

「品川《しながわ》まで迎えに行きましょうか？」

「そんな馬鹿な」

「行くときは品川まで行ったではありませんか」

「行きはいいが、帰りは逆に行き違いになったりするぞ」

「幟《のぼり》かなにかを上げておけば」

「そんなみっともないことをやれるか。洋蔵だって嫌がるぞ。いいから、屋敷で待っておれ」

「わたしは、もう、待ちくたびれてしまいますよ」

志乃は、そう言いながらも、嬉《うれ》しくてたまらない顔をしている。

夕方――。

黒船橋に句会の面々が集まった。

いまは月に二回、十日と二十五日におこなわれている。

むろん、かな女はそれだけでなく、ほかにも弟子を抱えていて、三日に一度は句会があるらしい。

いまの会は、増えてきた弟子を新しくまとめなおしたのである。若い娘でも入れてくれるかと期待したが、若い娘はまず発句になど興味を示さないのだという。

それで新しい組になったのは、僧侶《そうりょ》と版元のあるじ、酒問屋のあるじと、有名な易者、それに初秋亭の「優秀な」三人となった。ざっと聞いただけだといい感じだが、よくよく聞くと、

「凄《すさ》まじいくらいの荒れ寺の住職」

「もっぱら春画と春本の版元」

「売るよりも自分で飲むほうが多いというほどの酒問屋」

「毎日、自分のことを占わないと生きられない易者」

そして、

「優秀な初秋亭のお三人」

なのだという。明らかに、優秀なクズの集まりにされている。

もっとも、三人も自分たちが本当に才能があるとは思っていないので、とくに異議を申し立てたりはしていない。

あちらこちらから集まって来て、いちおう七人はそろったが、まだ師匠のかな女は来ていない。

「お師匠さんは、近ごろ、いい男はできてないのかね？」

仁左衛門がニヤニヤして言った。

「仁左。お前は三十も若い嫁をもらったんだから、浮気はなしだぞ」

「もう、夏木さまはそればっかり」

「したいのか？」

「そりゃあ、あっしだって。でも、耳次のことを思うとね」

「孫に夢中になると男も終わりか」

「孫じゃないよ、倅《せがれ》」

「あ、そうだっけ」

もちろん夏木はからかっている。

「ごめんなさい。遅くなって」

と、小走りでかな女がやって来た。近ごろ頬のあたりが少しふっくらしたが、相変わらず美人ではある。

「今日のお題を言いますね」

かな女は一瞬間を置き、ちょっとつらそうな顔をしたあと、

「〈からだ〉でお願いします」

「身体？」

皆、顔を見合わせた。発句の題らしくない。

「そういえば、このところ変な題が多くなっているな」

夏木が小声で言った。

前回は、〈焦り〉だった。前々回は、〈恨み〉ではなかったか。

「師匠、なんか、悩んでるかもしれねえな」

藤村も小声で言った。

「見た目でもいいですし、ご自分の体調のことでもいいし、病のことでもいいです」

かな女はそう言って、七人を見回した。

「それを発句にねえ」

易者が呆《あき》れたように言った。

「ええ。ここの人たちは、ほかより面白い句をつくってくれる人が多いので、あたしも楽しみなんですよ」

かな女にそう言われて、七人は互いに見交わし合った。面白いという言葉の裏に、

揶揄《やゆ》の念があると感じているのだ。

「それでは、頑張って」

　というかな女の声で、七人は散らばり始めたが、

「驚いたな。おいらはてっきり、橋の上とか、夕暮れで来るのかと思っていたら、身体と来たか。でも、夏木さんは中風《ちゅうぶ》から回復した体験があるし、仁左もめまいがしたし」

「あれはめまいじゃないって」

「おいらは、生憎《あいにく》と子どものころから病気したこともなくて、薬も飲んだことないくらいだからな」

「藤村、薬飲んだことないのか？」

　夏木は笑いを我慢して訊《き》いた。加代が夏になると味噌汁《みそしる》に薬草茶を混ぜていることは、本当に知らないらしい。

「ないね。だいたい、ああいうものは身体に入れないことにしてるんだ。薬っては、諸刃《もろは》の剣《つるぎ》みたいなところがあって、ある人には薬になっても、ある人には毒になる。だが、人間てえのは千差万別で、薬になるか毒になるかはわからねえ。だから、薬を飲んだせいで、具合が悪くなったやつだって、ぜってえいるはずだ」

「なるほど」

「まあ、よくよくのことになれば、おいらもそこは賭《か》けのつもりで、薬を飲むかもしれねえ。でも、なんともねえのに、あんなものは飲む気にはなれないね」

「丈夫なやつは羨《うらや》ましいよ」

「ま、憎まれっ子、世にはばかるの類《たぐい》だからね」

藤村は、いかにも憎々しく笑った。

仁左衛門はすでに夏木と藤村のそばからいなくなっている。

例によって、一歩あるいて一句。

とにかく、題材が何だろうと、関係ない。思いつくまま書き記す。よしあしはどうでもよく、まずはひたすら数をつくる。そういう方針なのだ。

だが、講評の段になって、仁左衛門の句が「天地人」の「人」に選ばれたのには、夏木も藤村も愕然《がくぜん》となったのだった。

　　夏闌《た》けて薬の匂うからだかな

三

翌日――。

夏木と藤村は、巽橋の界隈《かいわい》を見て回っている。夏木のほうは、近所の三毛猫を確かめるのが目当てだが、藤村は違う。

「おいらは、猫のほうは夏木さんにまかせて、あの家の面つきを眺めさせてもらうぜ」

「面つきだと？」

「そう。悪党があの家を見ると、何を考えるかってとこかな。西雲堂の隠居が、若い女中と住んでいて、もしかしたら数十両という大金を、寝間の銭箱あたりに隠しているかもしれない。そういう気配が嗅《か》ぎ取れるかもしれねえ」

「なるほどな。まあ、わしは三毛猫探しで手一杯だ」

「その猫が、悪事にからんでいるかもしれねえぜ」

「まあな」

この界隈に三毛猫は少なくない。

もともと三毛猫というのはけっこう人気があり、また母猫が三毛だと、三毛の仔《こ》猫《ねこ》が生まれることが多いので、よく見かけるのだ。

――だが、昔から猫が好きでなかったわりには、よく模様を見分けられたものだ。

と、夏木は隠居に感心する。

夏木が猫を好きになったのも、この一、二年のことで、それまではほとんど目もくれなかった。猫探しをやるようになって、飼い主からいろいろ話を聞いたりして、俄然《がぜん》詳しくなったが、まだまだ年季の入った猫好きにはかなわないことが多い。三毛猫の見分け方もそうである。

黒と茶色と白の三色の混じり具合だから、さほど複雑ではないような気がするが、これがいろんな混じり方がある。何匹か、三毛猫を並べて、見比べると、その違いはよくわかる。だが、似ている猫たちもいて、こちらは区別がなかなか難しい。

巽橋の周囲に当たる相川町《あいかわちょう》と中島町《なかじまちょう》をぐるりと回った。五匹ほど三毛猫を見かけたが、どれも首輪をつけている。

一回りしたあと、

「どうも、わからんなあ」

と、夏木は言った。

「わからねえというのは？」

「ニセモノになったってことがだよ」

「なあ、夏木さん。これが猫のことだと思うから、わからねえのかもな」

「どういう意味だ？」

「猫ではなく、もしもほんとの子どもだったら……」

「ほんとの子ども？」

「そう。ある子どもが、じつは高貴な人の子どもだったんだ。生んだ母親は、いろんな男と付き合ってたから、そういうのがわからねえわけよ」

「なるほど」

「でも、それに気づいた高貴な家のやつらが、取り戻したわけ」

「ほう。それで、ニセモノを置いてったのは？」

「子どもがいなくなると、寂しくなるんじゃねえかと思って」

「それが猫だと？」

「そりゃねえか」

藤村は、自分でも呆れたように笑った。

夏木と藤村とは別に、仁左衛門は大川の上にいた。

腰のあたりまで水に浸かり、竹の筏《いかだ》づくりに熱中している。何本を縛って、筏にすべきか、使い勝手を確かめながら、決めようとしている。

竹はふつうの丸太に比べたらずいぶん細いので、十本くらいまとめても、どうにもちゃっちい感じになってしまう。

「三人が乗るには、四、五十本ほどくっつけないと駄目だなあ」

軽く縛って、四十本をつなげてみる。

「あ、なんだ、こりゃ」

ただ縛ってつなげただけでは、竹は細いので、上に乗ると、人の重みで凹《へこ》んでしまうのだ。

「これは横に梁《はり》のようなものを渡さないと駄目か」

潜ったりしながら、下側に二本ほど梁をつくった。

これで凹んだりはしなくなるが、今度は保管のときに厄介である。

「使わないときは、丸めて置いておき、いざ津波だというときに、梁を渡すようにするしかないか」

だが、果たしてそんなことをしている余裕があるのかどうか。そんなことをしている暇があったら、少しでも早く逃げたほうがいいのではないか。

考えると、次々に疑問が湧いてくる。

筏に乗って横になり、そのときのことを想像してみる。水の上で揺られているので、想像はしやすい。

津波が押し寄せて来た。

逃げる間もないので、竹の筏を広げて、それに乗った。夏木も藤村もいっしょである。どうにか波に飲まれるのは避けられた。

ほかにも流されて来るバラバラになった家が、こっちにぶつかって来る。それを三人は持った竹の棒で押し返すようにする。

そのうち、周囲から、

「助けてくれ」

と、声がしてきた。

周りに、溺《おぼ》れかけている人がいっぱいいるのだ。

「これに乗れ」

どうにか筏の上に引っ張り上げてやる。

ところが、溺れているのは、そこらじゅうにいる。

「助けてくれ、助けてくれ」

　とても、助け切れるような数ではない。

「うわっ」

　仁左衛門は、怖くなって想像を中断した。

「これはまずいよ」

　動悸《どうき》が激しくなっている。

　夏木と藤村がいったん初秋亭に帰って来ると、玄関前に西雲堂の藤兵衛がいて、

「あ、夏木さま。もどって来ましたよ。にゃん吉が」

　と、自分でも不思議そうに言った。

「え？」

「朝、二階にいたら、女中のおはなが庭ににゃん吉がいたけれど、これって本物じゃないですかって」

「どうだった？」

「まさに本物でした。ちょっとようすがおかしくなっていたので、かどわかされたあと、ひどい目にでも遭ったのかもしれません」

「ニセモノはどうした？」

「いなくなったみたいですね」

「ええ。本物が出て来たので、きまりが悪くなって逃げたのかもしれませんね」

「そんな馬鹿な。ちと、本物を見させてくれぬか」

「ええ、どうぞ」

夏木と藤村は、藤兵衛の家に行ってみた。

「あ、それです」

六畳間で女中のおはなが抱きながら煮干しを食べさせていた。

「おはな。寄越《よこ》しなさい」

藤兵衛は猫を奪うように抱いた。

「この腹のあたりを見てください」

「ふうむ」

たしかにこの前見た三毛猫とよく似ているが、こっちのほうが茶色いところが広い気がする。

「これが本物です。ああ、よかった」

「そうだな」

「お礼はのちほどお届けに上がります。お騒がせいたしました」

藤兵衛は頭を下げた。

「いや、見つかったならよかった。それにしても、おかしなことがあるものだな」

夏木はそう言って、藤村とともに外に出た。

「ほんと、妙な話だったな」

歩き出してすぐ、夏木は言った。

「夏木さん。女中のほうは？」

「うん、見た」

「どうだい？」

「怪しいな」

と、夏木は言って、一度後ろを振り向いた。

「やっぱり」

「藤兵衛はまだ完全に枯れてはいない。そこへ、ああいう潑溂《はつらつ》とした若い娘がそばにいたら、ちょっと手を出したくなってもおかしくない」

「だよね」

「だが、おはなのほうは隠居を嫌がっているな」

「ほう」

「おはなはすでに何度か誘われたりしたのではないかな」

「なるほど。だとすると、おはなのちょっとした意地悪とか仕返しみたいなものだったかもな」

どうやら、そのへんが真相かもしれなかった。

夏木は早めに屋敷に帰った。

今日からしばらく、志乃は早春工房には顔を出さないことにしている。洋蔵が帰ったとき、自分が屋敷にいなかったら可哀そうだからだそうだ。

——なにが可哀そうなのだ。

と思ったが、それを言えば怒られそうだから言わなかった。

門をくぐると、玄関のあたりが騒がしい。

どうしたのかと近づくと、なんと洋蔵がもどったばかりらしく、上がり口に座って足を洗っているところだった。

「あ、父上。ただいま帰りました」

洋蔵はいい笑顔を見せた。

「うむ。いやに早かったな。こっちに着くのは三、四日後だと思っていた」

「じつは、びっくりさせようと、日付けを数日、遅くしておいたのです」

「はっはっは、そうだったか」

洋蔵は足を洗い終え、立ち上がった。

「まあ、あなた、なんだか逞《たくま》しくなって」

志乃が嬉《うれ》しそうに言った。

「少し目方は増えたかもしれません」

「上背も増えたのではないか？」

明らかに夏木より高い。

やはり若者の一年というのは、五十過ぎた人間の一年とは違うのだ。

わきにつづらが置いてある。

「これを背負ってきたのか？」

夏木は訊《き》いた。人が入れそうなほどの大きさである。

「ええ。伯父《おじ》上《うえ》には餞別《せんべつ》をいっぱいもらったので、そのお礼もあるし、いいものをいくつか買ってきたので、さっそく商いを始めたいと思います」

洋蔵がそう言うと、

「なにもそんなに慌てなくてもいいじゃないの。しばらく息抜きでもなさい。あなたのために、わたしもたくさん儲《もう》けておきましたから」

「母上が儲けておいた？」

洋蔵は、早春工房のことなど何も知らないのだ。

志乃は嬉々《きき》として、いま自分がしている商いについて、帰ったばかりの洋蔵に吹聴し始めた。

四

「夏木さま。また、おかしなことになりました」

西雲堂の隠居の藤兵衛が、首をかしげながら初秋亭にやって来たのは、本物がもどって一日置いた日の昼前である。

「おかしなことだと？」

「前にいたニセモノのにゃん吉がまた現われて、家にいる本物と喧嘩《けんか》しているのです」

「どういうことだ？」

とりあえず、夏木と藤村が隠居の家に駆けつけた。

女中のおはなが階段の下にいた。

「猫たちはまだ二階か？」

藤兵衛が、初秋亭の三人に対する態度とはずいぶん違う、横柄な口調で訊いた。

「はい」

二階でぎゃあぎゃあと猫の声がしている。確かに喧嘩のような鳴き声である。

隠居について、二階に上がった。

初秋亭よりずいぶん広く、八畳間が二つつづいている。

やはり、ここも景色がいい。二階に上がった夏木と藤村は、つい初秋亭と比べてしまう。こちらは、越中島《えっちゅうじま》が目の前になり、大島川を挟んで、大名屋敷の緑が見えている。その向こうに石川島《いしかわじま》と佃島《つくだじま》があり、繋留《けいりゅう》してある漁船の帆柱が林立している。むしろ港の景色といったほうがいい。右手に大川の河口が広がるが、角度のせいで、初秋亭のほうが広々としている。

夏木と藤村は顔を見合わせた。

——初秋亭のほうがいい景色だ。

顔がそう言っている。

だが、いまはそれどころではない。

毛を逆立てて、本物のにゃん吉が喚《わめ》いている。

喧嘩の相手であるニセモノは、箪笥《たんす》の上の奥に入ってしまって出て来ないらしい。

「なんでまた、ニセモノはもどって来たのかな？」

夏木が言った。

「さあ」

藤兵衛は首をかしげるだけで、推論の一つも浮かばないらしい。

「ふうむ」

夏木はなにげなく、床の間に目をやった。

掛け軸になった絵が飾られてある。三毛猫の絵である。

ぼんやりした色使いで、それが猫の愛らしい感じをうまく出している。が、素晴らしくうまいとは感じない。

「その絵は、にゃん吉を描いたのか？」

と、夏木は訊いた。

「いや、違うんです」

「違う？　似ているではないか」

「にゃん吉より、この絵が先なんです」

「どういうことだ？」

「亡くなった妻が絵が好きで、これも大好きな一枚だったのです。それで、この絵とそっくりの三毛猫を飼ってみたいと言ってたのですが、たまたまそっくりの猫がいて、ゆずってもらったのがにゃん吉なのです」

「そうなのか」

「それで、このあいだ、にゃん吉が膝《ひざ》の上にいて、なにげなくこの絵と見比べたとき、にゃん吉がニセモノだと気づいたのです」

　藤兵衛がそう言うと、

「おいおい、ちょっと待てよ。この絵と見比べてみて、気づいたのか？　模様を覚えていたわけじゃないんだ？」

　と、藤村が訊いた。

「いや、あんな変な模様は、毎日見てたって覚えられるものじゃありませんよ」

「それはそうだが……」

　なにかが引っかかった気分である。

藤村は、ぽんと手を打って、

「猫がニセモノじゃなくて、この絵がニセモノなんじゃねえのか！」

と、言った。

「ははあ」

と、夏木がうなずいて、

「だから、あの簞笥の上に隠れているほうが本物ってことか」

「どういうことなのか、あたしにはさっぱりわかりませんが」

隠居はすがるような目をして言った。

「あんたは、猫を見る目がないばかりか、絵を見る目もないのだろう」

と、夏木は言った。

「それは絵のことなんざわかりませんが」

「問題は本物の絵だ。ちと、早春工房に行って、洋蔵を呼んでもらって来る」

夏木はそう言って、外に出て行った。

藤村は夏木を見送って、

「女中が本物を連れて来たといったよな？」

と、藤兵衛に訊いた。

「はい」

「おはなも呼んで、皆で検討すべきだろうな」

「はあ。おおい、おはな、ちっと二階に上がって来るんだ！」

「なんでしょう」

　おはなは不安そうな顔で、二階に上がって来た。


　夏木がもどって来ると、なんと息子の洋蔵もいっしょだった。

「あれ？　やけに早いね」

　藤村は驚いて言った。

「志乃がな、早春工房を自慢するのに、ちょうど連れて来ていたのだ」

「そうだったのか」

「洋蔵、この絵なんだがな」

　夏木が指差すとすぐに、

「ははあ」

　と、すぐに何か察しがついたらしい。

「なにかわかったのか？」

「これは、池大雅《いけのたいが》の絵を下手な素人が真似して描いたものでしょう。落款や印も真似していますね。こっちのほうは、一生懸命写したみたいで、うまく似せてますが」

「その池のなんたらは有名なのか？」

「ええ。すでに亡くなりましたが、与謝蕪村《よさぶそん》とともに、南画の第一人者です」

「与謝蕪村？　その人物は俳人だろう」

入江かな女の心の師匠だと、何度も聞いたことがある。

「蕪村は俳人でもありますが、本来は絵師として有名なお人なのです」

「そうなのか」

「本物はそれはもう、見る人が見たら、二十両くらいは出すでしょう」

「二十両！」

夏木も驚いたが、額を聞いてすぐ、女中のおはなが真っ青になったのを、藤村が見て取った。

「どうした、おはなちゃん」

藤村は声をかけた。

「いえ」

「おめえ、手伝ったんだろう。ことと次第では、罪にならねえようにしてやれるかもしれねえぜ」

「ご隠居さまがいけないんです」

「ご隠居さんがな」

「無理やり手籠《てご》めにされました」

そう言って、おはなは隠居をキッと睨《にら》んだ。

「なるほど」

と、隠居を見ると、

「そんな。無理やりって人聞きの悪い」

と、青くなっている。

「お前なりの仕返しだったのか？」

「……」

おはなはこっくりとうなずいた。

「絵が価値があるものとは知っていたのか？」

「亡くなったおかみさんが、京都に行ったとき買ってきたもので、値は聞いてなかったですが、有名な絵師のものだとは言ってました」

「そうなんだ」

と、隠居は意外そうな顔をした。

「でも、せいぜい一、二両で、こんな猫の絵が二十両もするなんて、思ってもみませんでした」

「そりゃそうだわな」

藤村はうなずいた。こづかい程度の給金しかもらえない女中に、絵の値段の見当などつくわけがない。

「十両以上は首が飛ぶと聞いてますが、絵でもいっしょですか？」

おはなは目に涙を浮かべながら訊《き》いた。

「そんなこたぁねえよ。それに、まだ盗んだと決まったわけじゃねえ。絵の勉強のため、ちょっと借りただけかもしれねえ。そういうことってあるよな、洋蔵さん？」

藤村は洋蔵を見た。

洋蔵はすばやく、藤村や夏木の顔を見て、

「あ、わたしなどは、そんなことはしょっちゅうですよ」

と、言った。

「それで、絵が替わったのに気づかれないよう、猫のほうを取り替えたわけだ」

「はい。もともと、絵を真似するとき、こっちの猫も見ながら描いたので、そっくりになりました」

「なるほどな。それで、誰がこの絵を描いたのだ？」

「庭師の順吉《じゅんきち》さんです。猫も順吉さんが飼ってました」

「あいつか」

　と、隠居の藤兵衛は顔をしかめた。

「庭を設計するとき絵を描いたりするので、絵心はあると言ってました」

「お前たちはいい仲なのか？」

　と、藤村は訊いた。

「はい。順吉さんは、あたしを好いてると言ってくれています。でも、まだ、半人前で嫁にするにはもうちょっと待ってくれと」

「なるほど」

「もし、旦那《だんな》さまの子どもができていたりしたら、そのお金で中条《ちゅうじょう》流《りゅう》の医者に行こうと思っていたのです。どうせ、旦那さまは、ちゃんとしたことはしてくれそうもないので」

　おはなはそう言って、「わっ」と泣き崩れた。

「そんなことはないぞ」

藤兵衛は慌てて言った。

泣き声がおさまるのを待って、

「絵はまだあるんだな？」

と、藤村はおはなに訊いた。

「あります。順吉さんにはもどさせます。どうか、お縄にかけるようなことは」

「だから言っただろ。順吉は絵の勉強のためにちょっと借りただけで、この件に盗みなんてものは関係ないんだって」

藤村はそう言って、おはなにその絵を取りに行かせた。

さほど待たずに順吉もやって来て、おはなといっしょに平謝りをした。気弱そうな、若者だった。

もどって来た絵を見て、

「これは素晴らしい絵です」

と、洋蔵は絶賛した。

「うむ。いい絵だな」

夏木もうなずいた。

「しかも、大雅は山水画を多く描きますが、このように猫を単体で描いた絵は非常にめずらしいと思います。これは、二十両どころじゃありませんね。わたしにまかせていただけたら、五十両くらいには」

洋蔵がそう言うと、

「もちろんまかせるさ。それで、ご隠居さんはきっと、その金をおはなちゃんが順吉といっしょになるためのご祝儀にくださるはずだ。なあ、ご隠居さん」

藤村は静かな目で藤兵衛を見た。

「そ、それは、もちろんそういたしますとも」

藤兵衛は、肩をすぼめて約束したのだった。

藤兵衛の隠居家からもどりながら、

「そういえば、父上、妙なことがありました」

と、洋蔵が言った。

「妙なこと？」

「京都を発《た》つ数日前に、祇園《ぎおん》の近くの建仁寺《けんにんじ》というお寺にある俵屋宗達《たわらやそうたつ》の〈風神雷《ふうじんらい》神図屏風《じんずびょうぶ》〉を見に行ったのです。これがまあ、わたしがいままでに見た絵のなかで、いちばん素晴らしいと思えるもので、あれを見るまでは葛飾北斎《かつしかほくさい》の〈神奈川沖波《かながわおきなみ》裏《うら》〉がいちばんでしたが、まさか超える絵があるとは思いませんでした」

「それが妙なのか？」

「いや、それは別の話でした。じつは、そこにいた坊さんが記帳に記したわたしの名前と江戸の住まいを見ると、さらにわたしの顔をじいっと見て、『夏木権之助さまとご関係はおありかな？』と訊いたんです」

「坊さんが？」

「父上は建仁寺には？」

「いや、行ったことはない。それで？」

「ええ。夏木権之助は父ですが、と答えました。すると、『お父上には、ずいぶんお世話になりましてね』と、そう言ったんです」

「世話に？」

「わたしも変だなと思って、詳しく訊こうと思ったのですが、順番待ちになっているので、早く絵を見るように言われまして。それで帰りのとき訊こうとしても、その坊さんはすでにいなくなっていたのです」

「ふうむ。うちの菩提寺《ぼだいじ》の関係かな。建仁寺というのは何宗だ？」

「たしか臨済宗《りんざいしゅう》だったかと」

「では、違うな。どんな顔をしていた？」

「けっこう迫力のある顔でした。大きくて、脂ぎった感じで、口を斜めにしてニヤッと笑いました。不逞《ふてい》な感じすらしました。しかも、身体つきは坊さんにしてはいやにがっちりして」

「……」

夏木はふいにハッとしたみたいに藤村を見た。

藤村はうなずき、

「洋蔵さん。その坊さんは、やけに歯が白くなかったかい？」

暗闇に提灯《ちょうちん》を差し出すみたいな調子で訊いた。

「あっ。白かったです。歯並びもきれいでした。顔に似合わず」

洋蔵がそう言うと、

「鮫蔵だ」

藤村の声が少し震えた。

「京都で坊さんをしていたのか」

「あの野郎……」

夏木と藤村の声には、驚きとともに、小躍りするような喜びが混じっていた。

第三話　怨恨《えんこん》の石

一

「七福堂さん」

と、顔見知りの近所の男が初秋亭に顔を出した。

夏木と藤村はそれぞれ別の用事で出かけていて、いまは仁左衛門しかいない。

「おう、多兵衛《たへえ》さん」

多兵衛は、門前仲町の金物屋〈掛川屋《かけがわや》〉のあるじだったが、息子に身代を譲り、いまは頼まれて長屋二つの大家をやっている。仁左衛門とも似た境遇で、隣の番屋の町役人の紹介で知り合った。歳も同じくらいだが、多兵衛のほうが隠居したのは早く、七、八年前から大家をやっている。

「あんた、あたしが石を集めてるのは知ってるよね」

「知ってるよ。二度も見せられて、自慢されたよ」

「そうだっけ」

江戸っ子の道楽はさまざまだが、石を集めるというのもその一つである。

江戸という土地は、そもそも火山灰の土でできているので、もともと石のない土地なのである。だから、城の石垣などは、すべて他国から苦労して運んだものばかりだった。

石斧《せきふ》などを使った縄文《じょうもん》時代の人間も、ここらは石が少なくて、山のほうに行って、魚や貝と石の物々交換までしていたらしい。

ないからこそ、集めたがるのも人情かもしれず、園芸道楽ほどではないが、石道楽の人もけっこういた。

「また、新しい凄《すご》い石が手に入ったのかい？」

と、仁左衛門は訊《き》いた。

「逆だよ。手に入らないから悩んでるんだ」

「そりゃあ、あんた、石なんか集めたらきりがないもの。手に入らない石だって山ほどあるだろうよ」

「いやいや、あたしだって、天竺《てんじく》に行かないと手に入らないとかいう石なら諦《あきら》めるよ。すぐ近くにあるから悔しくてたまらないんじゃないか」

「すぐ近くに？　まさか？」

「そう。雉平《きじへい》が手に入れたんだよ」

「なるほどね」

多兵衛の石道楽は、もともと店子《たなこ》の雉平に影響されたのである。雉平の収蔵品を見て、俄然《がぜん》、刺激され、自分も集め始めた。

雉平というのは、秩父《ちちぶ》や奥多摩《おくたま》、あるいは丹沢《たんざわ》あたりの山に行って、知り合いから獣の毛皮や山菜、キノコなどの品を買い取っては、江戸の取引先に卸すという商売をやっている。そのついでに、山中を流れる川を探し、気に入った石を持って来るのだ。

多兵衛は、大家の仕事があるから、そうそう山に行ったりはできない。そこで、資金力にものを言わせ、同好の士から買い取るという方法で、数を増やしてきた。いまや、その種類も、雉平をしのぐほどだという。

「これが珍しい石でねえ」

「ふうん」

「あれは、磨くといい色になるだろうね」

「へえ」

多兵衛が石を磨いているところも見たことがある。何が楽しくて、石なんか磨くのか、仁左衛門には不思議でたまらない。

「軽いんだよ」

「軽石？」

「軽石じゃない。軽いけど、なにか不思議な力を感じるんだ。あたしはあんな石、見たことないね」

「大きさは？」

「こんなもの。一寸（およそ三センチメートル）くらいだろう」

指で丸をつくった。

だいたい、多兵衛も雉平も、あまり大きな石は集めていない。せいぜいが両方の手のひらに載るくらいのものだが、一寸くらいならずいぶん小さいほうだろう。

「譲ってくれと頼んでみたのかい？」

「無理だね。顔でわかる」

「金の交渉もしてくれないのかい？」

「ああ。あたしも大家の立場があるから、無理は言いたくないわけさ」

「なるほど」

元来、いい人間なのである。ひどい大家だと、売ってくれないなら、出てっておくれなどと言い出しかねないが、多兵衛はそんなことはぜったい言いそうもない。

「でも、毎日、夢に見ちゃうんだよ」

「石の夢？」

「そう」

それは悪夢の類《たぐい》ではないのか。

なんとなく多兵衛の言いたいことはわかってきたが、

「それで、どうして欲しいの？」

と、いちおう訊いた。

「うん。七福堂さんから、さりげなく訊いてみてくれないかと思ってな」

「わかった。だが、あっしも、それは期待薄だと思うよ」

「ああ、期待はしない。でも、ほかに手がないんだよ。じゃあ、頼んだよ」

そう言って多兵衛が帰ると、仁左衛門はしばらくしてから、雉平のところをのぞいてみることにした。

多兵衛長屋は、同じ熊井町でも道を挟み、正源寺《しょうげんじ》の参道のほうにある。雉平の家にも前に一度来て、石を見せてもらったことがある。

「ごめんよ」

「あ。七福堂さん」

「いや、なに、たまたま前を通ったんでね」

「嘘でしょう。大家さんに頼まれたんでしょう」

雉平はニヤリと笑った。

「お見通しか」

「だが、いくら大家さんの頼みでも、これは駄目。こんな石は、もう二度と手に入れられないもの」

「ほう。あっしにも見せてもらえないかい？」

「ああ。あんまりよそで言って回られると困るんだけど」

「わかってるよ」

雉平は、棚に並べた木箱の、いちばん上に置いたやつを取り出した。箱は平たくて、碁盤を二つくっつけたくらいの大きさだが、三寸くらいずつ仕切られている。石の枡席《ますせき》みたいなものである。

いっぱい並んでいるが、そのうちの一つを取って、

「これだよ」

　と、仁左衛門に見せた。

「これ、ほんとに石かい？」

　なんか丸めた蠟《ろう》に、砂利をまぶしたみたいな感じである。

「石だよ」

「ふうん」

　色は黄色っぽい。多兵衛は磨くときれいになると言っていたが、ちょっと信じがたい。

「持ってみな」

　と、仁左衛門にもつまませてくれた。

「なるほど」

　たしかに軽い。

「これから磨くんだけど、いい艶《つや》が出る気がするんだ」

「多兵衛さんもそんなことを言ってたよ」

「石は磨きも肝心だからね」

「でも、こんなもの、どこで見つけたんだい？」

「近くだよ。落ちてたんだ。七、八日前」

「そうなの」

「まあ、石に興味がなければ、貝殻とでも思うだけだろう。でも、おれは見逃さなかったよ」

「そうなんだ」

「おれも大家さんにはすまねえと思うんだよ。なんせ世話になってるし」

雉平もまた、いいやつなのだ。

いい大家といい店子が、同じ道楽で張り合うというのも、困った状況である。

「ま、しょうがないよな」

仁左衛門にもどうしようもない。そのうち多兵衛も、別の珍しい石を入手するかして、自然に諦めるのを待つしかないだろう。


そのころ――。

仁左衛門の女房のおさとは、耳次を連れて、木挽町《こびきちょう》に来ていた。

ここも人形町と同様に、かつて芝居町としてにぎわった町である。

だが、江戸三座の一つ森田座の控櫓になっていた河原崎座《かわらさきざ》は、浅草の猿若町《さるわかちょう》に移転してしまい、少し寂しくなった。

それでも、かつての芝居町の面影はあちこちに残っている。

官許の芝居小屋はなくなったが、宮地《みやち》芝居《しばい》とか小芝居と呼ばれる小さな芝居小屋が新しくできたりして、そこもけっこうな贔屓《ひいき》客を得て、繁盛しているらしい。

隆盛を誇った芝居茶屋は猿若町に移ったところもあるが、そのまま残って料亭としてやっているところもある。

また、女向けの小間物屋も多い。

そんなこともあって、女の人出はかなりのものである。

早春工房はいま、七福堂と協力して、二つ目の店を出そうとしている。

おさとは頼まれてというか、自分でも乗り気で、その二つ目の店を探す手伝いをしているのだ。もし、ここに、早春工房の品を中心に並べる七福堂の出店をつくった場合、どれくらい流行《はや》るか、その見通しを調べているのだ。

——たぶん、やれる。

見れば見るほど、おさとはそんな気がしてきている。人形町も検討したが、それより木挽町のほうがいい。

どこが違うのだろう。

歩いている女たちの顔をじいっと見つめる。

人形町の女たちより、木挽町の女たちのほうが、身なりがいいような気がする。比べれば、おそらく懐がこっちのほうが豊かなのだ。

人形町の女は、職人のおかみさんが多いかもしれない。比べて木挽町のほうは、商人のおかみさんが多いのではないか。

——どっちが幸せそう？

そんなことまで考える。

木挽町の女たちのほうが、幸は薄いかもしれない。

店先をのぞく表情、そば屋から出て来たときの表情、小芝居の看板を見上げるときの表情。それらのどこかに、不安、不満、倦怠《けんたい》などが感じられる。いや、気持ちの鬱屈《うっくつ》だけではない。なんとなく身体の不調も窺《うかが》える。

——女たちは何かを欲しがっている。

それは自分もそうなのだ。

耳次という赤ん坊を授かって、この一年は子育てに懸命だった。それは幸せな、たしかに充実した時間だった。だが、それでも、何か足りないものはあったのだ。ときおりふっと、胸のなかを風が吹き抜け、その風の正体をじっと見極めようとしたことは、間違いなくあったのだ。

それはものを買うことで解消されるようなものではないかもしれない。だが、女が心の底で欲しがっている何かが、ものと結びつくこともあるのではないか。人けが少なくなると、抱いていた耳次を下ろし、勝手に歩かせる。おぼつかない足取りで、ちょこちょこと四方八方に歩く。おさとはついて回る。そうやって、一軒の空き家の戸に突き当たった。

――あら。こんなところに空き家。

小さな間口である。一間半（およそ二・七メートル）。戸が閉まっているので奥行きはわからないが、隣の糸屋の奥を見てもそうはないだろう。

これなら店賃《たなちん》もそう高くはない。

「ここ、前は何の店だったんです？」

隣の糸屋のあるじに声をかけて訊《き》いた。

「武具屋だったんだよ。だけど、流行らなくてつぶれたよ」

「武具屋ですか」

それはつぶれるだろうと、おさとは思った。ここは女の町なのだ。

――女相手の商売だったら……。

おさとは、早春工房に行って、志乃さまや加代さんに教えなければと思った。ここは絶好の土地柄だった。

二

昼近くになって、出かけていた夏木が稲荷寿司《いなりずし》をいっぱいもらって帰って来た。留守番をしてやったお礼だという。そのあと、藤村も帰って来て、こっちはもめごとの仲裁で、饅頭《まんじゅう》を一箱もらってきた。

それで、稲荷寿司に饅頭という、ずいぶん甘ったるい昼飯を食べようとしたところに、夏木がひそかに〈つまらん爺《じい》さん〉と呼ぶ富沢虎山が、甘酒を手土産にして現われた。

「稲荷寿司に饅頭に甘酒か。まあ、あとで塩でも舐《な》めりゃあいいか」

と、藤村は笑い、四人いっしょに食べることにした。

「ところで、虎山さんは、ものを集めたりはしないのかい？」

仁左衛門が訊いた。

懐が豊かで暇もあるから、なんとなくしてそうである。

「あたしはもの集めには興味ないね」

虎山は、つんとした口調で言った。

「へえ、物欲も超越したんだ。てえしたもんだな」

藤村がからかった。

「いや、まあ。そりゃあ昔は多少、いろいろ集めようともしたよ」

「なんだよ」

「だが、飽きっぽいんだな。つづかないんだ。やはりあたしも、物欲は超越できなかったよ。口ほどには達観できてないわけだなあ」

「反省はいいから、どんなのを集めたんだい？」

「蘭書はしこたま集めたよ」

「なるほど」

「向こうの文物もな。何に使うのかわからないガラクタも買ったりした。くだらぬ銭を使ったもんだ」

「今日、珍しい石を見てきたよ。店子が拾ったその石を大家が欲しがって、譲ってくれるように頼んでくれって」

仁左衛門がそう言うと、

「それは多兵衛のことか？」

藤村が訊いた。

「そうだよ」

「おいらもずいぶん自慢を聞かされたぜ」

「だが、石というのは面白いぞ。奥も深いしな」

と、虎山が言った。

「へえ、虎山さんも石は面白いかい？」

仁左衛門が訊いた。

「面白い。わしは集める気にはならなかったけどな。だが、昔、木内石亭《きうちせきてい》という人がおって、その人が書いた『雲根志《うんこんし》』というのは、長崎にいたシーボルトという先生も、愛読しておった」

「へえ。物知りなんだね」

「物知りというか、何というか」

虎山はごにょごにょと聞こえないことを言った。

「だったら、あの石の正体もわかるかも」

「というより、珍しいものなら、あたしも見てみたいな」

「じゃあ、行くか」

ちょうど飯を食べ終わったので、もう一度、雉平の長屋に行くことにした。

すると夏木も、

「わしは、石の収集というのは見たことがないな。いっしょに行ってもいいか？」

と訊いたので、もちろん断わる理由はない。

藤村を残して、三人で雉平の長屋に向かった。

「また、来たよ。もしかしたら、石の正体がわかるかもしれないんでね。こちらは、蘭学の先生をなさっている富沢虎山先生だ」

いちおう箔《はく》をつけて紹介した。

「ああ、ぜひ、見てください」

と、雉平も例の石を手渡した。

「どれ、拝見」

じっと見て、臭いを嗅《か》いだりもする。

「これ、洗ったかい？」

「ええ、洗いました」

「もしかして、血がついてなかったかい？」

「あれは血ですかね。黒くなってたけど、洗ったら、取れちまったもんで」

「これは、もしかしたら人の腹のなかにできる石かもしれぬぞ」

「腹のなかの石……」

雉平は唖然《あぜん》として、

「そんなのあるんですかい？」

「ある。苦悩がつづいたり、怨恨《えんこん》があったりするとできるという説もある」

「苦悩や怨恨ですかい」

雉平の顔が歪《ゆが》んだ。

「小石が小便といっしょに出てくることもある」

「そうなんで」

「まれに出ないまま、腹のなかで大きくなる。それかもしれぬ」

「だったら、珍しいものに変わりはないですね」

「そりゃあ、珍しいだろう。だが、この持ち主はずいぶん苦しんだはずだぞ」

「へえ」

夏木もそれをつまませてもらい、

「どこで見つけたのだ？」

と、訊《き》いた。

「永代橋を渡らずにまっすぐ行ったところにある武家屋敷の門の前です」

「ああ、あそこか」

「ご存じなので？」

「まあな」

夏木はあまり言いたくないらしい。悪口にでもなるからだろうか。

「そういうものだと、番屋に届けないと駄目ですかね？」

雉平が心配そうに訊いた。

「ううむ。番屋もそんなものを持って来られても困るだろうし、ほんとに体内にできる石かどうかはわからないしね」

虎山がそう言うと、雉平はホッとした顔をした。せっかく見つけた珍しい石を取り上げられたら、それは嫌だろう。

夕方になって――。

三人そろって、海の牙で飲む相談がまとまった。

蒸してくると、さっぱりした肴《さかな》がうまい。アジの酢漬けと、タコときゅうりの酢のものを肴にしばらく飲んでから、

「さっき、武家屋敷の話になったとき、夏木さま、妙な顔をしてたよね」

と、仁左衛門が言った。

「まあな」

「知ってる人の屋敷かい？」

「ああ。わしと同じくらいの石高の旗本でな。同僚だったこともある」

「へえ」

「出世欲が強くてな。まだ隠居もせず、去年あたりは町奉行になりたくて、ずいぶん動いたらしい」

夏木の言ったことに藤村がうなずいて、

「それって黒旗《くろはた》さまのことかい？」

「む」

「噂は聞いたよ。黒旗英蔵《えいぞう》ってお旗本が、やけに町奉行になりたがっているって。そうか、あの人の屋敷なんだ」

「あれ？　黒旗さまって、子どものころ、泳ぎに来てなかったかい？」

仁左衛門が訊いた。

「来ていたな。あいつは、向こう岸から来ておったからな」

「何度か遊んだこともあったよね」

仁左衛門がそう言うと、

「いたっけ？」

と、藤村は覚えていないが、

「遊んだこともあったかもしれんな」

夏木はうなずいた。

「真面目そうな人だったはずだけどねえ」

と、仁左衛門は子どものころを思い出そうとしている。

「真面目なことは真面目なのだ。しかも、わしと違ってきわめて優秀だった」

「へえ」

「あいつはたしか、二十歳のころ、長崎に遊学したこともあった」

「長崎に？　何のため？」

藤村が訊いた。

「さあ」

「旗本が長崎に遊学することってのは、よくあるのかい？」

「うむ。ほかにはあまり聞かぬな。蘭学でもやったのかもしれないが、ただ、一年ちょっとで長崎からいなくなったのだ」

「いなくなった？」

「行方知れずというのでたしか目付《めつけ》が長崎まで探しに行ったりもしたのではないかな」

「ほう」

「結局、見つからずに、目付はもどって来た。ところが、三年ほど経って、黒旗はひょっこり江戸に帰って来た」

「何だったんだい？」

「舟遊びをしていて沖に流され、無人島に漂着したらしい。三年経ってようやく、近くを通った漁船に助けられたんだそうだ」

「一年じゃ蘭学のほうはたいして身についちゃいねえな」

「わしは三十くらいのとき、ちょっとだけ留守《るす》居役《いやく》をいっしょにしたことがあるが、そのころの口癖というのが、この国を何とかしなければ駄目だというものだった」

「この国を何とかねえ。夏木さんはそういうことは言わねえな」

　と、藤村は笑った。

「でも、夏木さまだって、やろうと思えば、町奉行くらいやれたんじゃないの？」

「馬鹿言え。わしはご免だ。人を裁くなんてことは性に合わぬ」

「わかるな、それは」

「でも、黒旗さまはなれなかったんだ？」

と、仁左衛門は訊いた。

「まあな。だが、黒旗はこれまで何度か、町奉行になるという話が出ていたのだ」

「そうなのかい？」

「ああ。だが、黒旗のほうで断わっていたらしい。わたしはその任ではないと言ってな」

「それがいまごろになって？」

「なぜか急にやりたくなったのだろうな。だが、そういった前のことがあるから、反対する者もいたのではないかな」

「へえ。変わったお人なんだ」

藤村は、声を低めて言った。

「なにせ、いろいろ謎の多い男ではある」

夏木はそう言って、口をつぐんだ。それ以上は何かと差しさわりがあるらしい。

「でも、そういうお旗本の門の前に、人の腹のなかにできる石が落ちてたってのは、なんかありそうだね」

　仁左衛門がそう言うと、

「ありそうだわな」

　と、夏木も苦笑してうなずいた。

　藤村が、酒の追加を頼むと、

「痛《い》てて」

　と、みぞおちのあたりを押さえた。

「どうした、藤村？」

「いや、胃のあたりがちょっと痛んだ」

「珍しいな」

「まあね。一昨日《おととい》の晩、煎《い》り豆《まめ》を食い過ぎたみたいなんだ。だが、おいらは薬なんざあ飲まねえぜ」

「まったく、藤村はくだらぬ意地を張るからな」

「それより、胃の痛みで思いついたんだが、あの前で誰かが斬られたって話はねえよな」

「そんな話は聞いてないね」

「腹を切ったってのは？」

「それも聞いてないな」

仁左衛門がそう言うと、

「いや、そういう話はありますぜ」

と、ちょうど酒を持って来たところだった安治が言った。

「そうなのか？」

「うちの倅《せがれ》が、朝、そっちに舟をつけたとき、通りすがりに、武士の死骸《しがい》を慌てて門のなかに入れてたのを見たって言ってたんですよ」

「ほう」

「舟を出すときには、門前を屋敷の中間《ちゅうげん》たちが清めていたとも」

「いつの話だ？」

「十日近く前じゃなかったですかね」

「雉平が拾ったのが七、八日前だって」

と、仁左衛門が言った。

「そりゃあ、面白いな」

藤村はそう言って、盃《さかずき》をあおった。

三

翌朝——。

藤村は夏木よりも早く初秋亭にやって来ると、隣の番屋に顔を出し、

「ここらで武士がいなくなったとかいう話は出てねえかい？」

と、訊《き》いてみた。

「いやあ、聞いてないですね。お武家さまがいなくなったんですか？」

番太《ばんた》郎《ろう》が怪訝《けげん》そうに訊いた。

「うん、まあな。浪人かもしれねえ」

武士の家の事情はわからないが、長屋暮らしの浪人は別である。

「ご浪人でもそういう話はないですね」

「相川町でもいねえか？」

隣町のことでも、変わった話があれば番屋同士で知らせ合ったりしている。

「聞いてないです」

「そうか。康四郎が回って来たら、おいらに声をかけるよう伝えてくれ」

番太郎に頼んで、初秋亭のなかに入った。

まもなく夏木、仁左衛門の順でやって来た。

仁左衛門は、入口のわきに置いた甕《かめ》のなかのナマズをじいっと見つめたが、なんとなく顔色が冴《さ》えない。

「どうした、仁左？」

「うん、また、地震の夢を見たんだよ」

「またかよ。近所の工事は終わったのか？」

「やってるけど、あれは関係ないって」

「そうか」

藤村はうなずき、チラリと夏木の顔を見た。そっとしておけという表情である。

ただ、藤村としては、あまり思い詰めないでもらいたい。しょせん、来るときは来るし、対策をしておくのはいいが、思い悩むのは馬鹿馬鹿しい。

今日は誰も二階に上がらない。朝から日差しが強く、屋根の瓦《かわら》が焼けて暑くてたまらないのだ。こういう日は、庭に水を撒《ま》いて一階にいたほうがまだ涼しい。

仁左衛門が、早春工房の筏《いかだ》をつくると言って大川に行ってしまうと、

「父上」

外で藤村康四郎の声がした。

「おう、来たか」

「なにかありましたか？」

康四郎は、扇子で顔をあおぎながら、上がり口に腰をかけた。いっしょの長助もしゃがみ込み、甕のなかのナマズをのぞいた。

「うむ。ちと、訊きてえことがあってな。近ごろ、深川で急に姿が見えなくなった浪人者などいねえかい？」

「ああ、いますよ」

「どこに？」

「佐賀町《さがちょう》の裏長屋に娘と二人暮らしだった坂井《さかい》喜十郎《きじゅうろう》という浪人が、この七、八日、もどって来ていないのです」

「佐賀町の裏長屋だと」

黒旗の屋敷も佐賀町にある。

「坂井喜十郎は病持ちみたいで、娘が面倒を見てました。でも、いまは二人ともいなくなってしまったって」

「どこへ行ったかわからないのか？」

「番太郎が言うには、なにか事情があるらしいです。それで、長屋の住人によく訊いておくよう申しつけてきました」

「自分で長屋に行ってみようとは思わねえのか？」

「もちろん、番太郎の返事次第では行ってみるでしょう」

「ふん」

藤村が若いころなら、まず自分で行ってみただろう。そのかわり、予定の半分も回ることができないまま、日が暮れたはずである。康四郎のほうが賢いのかもしれないが、なにか面白くない。

康四郎は立ち上がって、

「気になるなら、父上が行かれてみては？　忠蔵《ちゅうぞう》長屋ですよ」

皮肉めいた口調で言った。

「ああ、行ってみるよ。おいらは、気になったことはすぐ動くんだ」

藤村がそう言うと、夏木が、外は暑いぞというように顔をしかめた。

まったく、この暑いのに、余計なことを言ってしまったと、藤村はわれながらうんざりしてしまう。

「わしも付き合おうか？」

夏木がそう言ってくれたが、

「いや、二人で行くほどじゃねえから」

断わって、藤村は初秋亭を出た。

道が、朝来たときからずいぶん白くなっている。もう少しすると、道は光り出すかもしれない。相川町の漬け物屋の前では、小僧が水を撒いているが、撒くそばから乾いて、もやっとした風が流れ、逆に気持ちが悪いくらいである。どうせ小僧だって、撒きたくて撒いているわけではないのだ。店のなかにいるはずの人使いの荒いあるじに、「ばあか」とつぶやいて通り過ぎた。

佐賀町の番屋に顔を出した。

「あ、藤村の旦那《だんな》。さっき、ご子息が」

同心のころから顔なじみの番太郎である。

「ご子息なんてたいそうなもんじゃねえ。こせがれと言ってくれ」

「そんなこと言えませんよ」

番太郎は苦笑する。

「忠蔵長屋ってとこに、いなくなった浪人と娘がいるんだってな？」

「ええ。あとで、くわしい話を訊いて来ますんで」

「いや、おいらが訊いて来るよ」

「はあ」

番太郎はわけがわからないといった顔をした。

忠蔵長屋に来ると、長屋の住人らしき男が井戸端で洗濯をしているところだった。ここらの井戸は、塩辛くて飲用にはできないが、潮の満ち引きで川の水が混じり、洗濯や洗いものには利用できたりする。

「ちっと訊きてえんだがな」

藤村は、しぶきがかからないあたりにしゃがみ込んだ。

「なんです？」

男は怯《おび》えたような顔をした。

「ここに坂井喜十郎って浪人と娘が住んでいたよな」

「ええ」

「いなくなったんだって？」

「その話ですか」

男は困った顔をした。

「まずいことでもあるのか？」

「大家から話がはっきりするまで、お前たちは余計なことは話すなと言われているんですよ」

「大家の住まいは？」

「そこを出たところにある下駄屋《げたや》のあるじですよ」

「じゃあ、大家に訊《き》くよ」

とは言ったが、藤村は立とうとはせず、

「娘の名前、なんだったけ？」

と尋ねた。

「お千佳《ちか》ちゃん」

「いい子だったよな」

しみじみとした口調で言った。

もちろん当てずっぽうである。同心のころも、よくこんな調子で話を訊き出したものだった。

「ええ。ほんとにお父上の面倒をよく見てましたよ」

「甲斐甲斐《かいがい》しくな」

「お武家さまは？」

「坂井の古い友だちだよ。久しぶりに会いたくなってな」

「そうでしたか。まあ、お千佳ちゃんを見かけたら、誰だって気に入りますよね」

「気に入られちまったんだ？」

「ええ。黒旗さまってのは、どうやら奥方もおられず、独り者らしいですね」

「黒旗さまといったら、そこの？」

藤村はとぼけて訊いた。

「そうなんですよ」

「見初めたのかい？」

「そうみたいです。それで、屋敷の用人が何度か来てたみたいですよ。盗み聞きしたやつの話だと、お千佳ちゃんは、父上の面倒を見なければいけないからと断わったそうです」

「断わったって、妾《めかけ》になれとか言われたのかい？」

「そこまでは言わねえでしょう。女中に入れとかって話でしょ」

「そうか」

「でも、要はそういうことですよね。向こうは五十も半ば過ぎてるんでしょ」

「そうらしいな」

「お千佳ちゃんも、黒旗さまから直々に、何度か声をかけられていたみたいですよ」

「話もしてるんだ？」

「ええ。だからね、あっしが思うに、お千佳ちゃんは黒旗さまが気味悪かったんだと思いますよ」

「あんた、鋭いね」

藤村は、人差し指を向けて、つんつんするようにした。

「まあね。あっしは意外に男女の機微がわかるみたいです」

男は、親指も入るくらい、鼻をふくらました。

「それで？」

「身の危険だって感じたかもしれないね」

「じゃあ、逃げたのか？」

お千佳は病身の父を連れて、逃げてしまったのか。

「違いますよ。お千佳ちゃんは、黒旗さまの屋敷に入っちまったんでさあ」

「なんでまた？」

「どうも、坂井さまがそこの道をよろよろ歩いていたとき、ちょうど荷物を運んでいた黒旗さまのご家来とぶつかって、そのとき荷物を壊してしまったみたいなんです」

「荷物を壊した？」

「しかも、それは上さまからの拝領品の壺《つぼ》だったっていうから大変ですよ」

「なんてこった」

「どうしてくれるとなったわけですよ」

「まさか？」

「ええ。お千佳ちゃんが、結局、その責任を取ろうと思ったんでしょう」

「屋敷に入っちまったのかあ」

「ええ。かわりに、屋敷から坂井さんの面倒を見るため、お女中が来るってことだったみたいですが」

「来てないんだろう？」

「そうなんですよ。坂井さまは納得がいかず、壺の責任はわしが取ると言っていたそうなんですが」

「ははあ」

藤村の頭のなかで、あの石と完全に結びついた。

坂井は、自分が責任を取るから、千佳は出してくれと。そこで門前で腹を切ったとき、おそらくは病の原因だった石が、転がり出たに違いない。

「坂井さまは交渉に行ったままなんですかね」

男は不思議そうに言った。

「どうなんだろうな。大家にでも訊いてみるよ」

そう言って、藤村は立ち上がった。

「ええ、そうしてください。あっしは余計なことは言っちゃいけねえんで」

余計なことどころか、すべて話してくれた。

もはや、大家に訊くことは何もない。どうせ大家に訊いても、すっとぼけられるだけだったろう。

炎天下を、発句の師匠をしている入江かな女が、永代橋を渡って右へ曲る道を歩いていた。日傘を差していて、その影はすっぽりと身体の影を隠している。

ここはかな女が黒江町の家に帰るのに、かならず通る道である。いつもなら相川町が切れ、熊井町に入る手前で、左に入る。だが、今日はまっすぐ進んだ。この先に初秋亭があるが、かな女はそこに行こうとしているのではない。その手前にある早春工房というのをのぞいてみたかったのだ。

女たちが、女たちだけで、頑張っているという話を洩《も》れ聞いて、ぜひとも見てみたくなった。

戸は開けたままで、涼しげなのれんがかかっている。

そののれんを分けて、

「ごめんください」

入ると正面に見知った顔があった。夏木権之助の奥方の志乃である。いかにも旗本の奥方という気品があり、かな女はいささか苦手である。

「あら」

「入江かな女と申します」

「そうよね。一度、家にも夏木の見舞いに来ていただいたことが」

「はい、あの節は」

夏木と何かの間柄と勘違いされ、冷たい目で見られたりもした。だが、誤解はすでに解けているはずである。

「今日はどうなさったの？」

「じつは……」

と、思っていることを語った。

女だけで商いを始め、それが成功していると聞き、感動したこと。自分も昔からそういったことに憧《あこが》れていたこと。それで、ぜひ、仕事の現場を見せてもらいたいと思っていたこと。そういった気持ちを、正直に説明した。

それを聞いた志乃は、

「まあ。あなたなんか、素敵な境遇にあって、羨《うらや》むことなんか何もないじゃないの」

と、驚いて言った。

「そんなことないんです。確かに、朝起きたときは意気軒昂《けんこう》なんです。今日は女としての暮らしを充実させ、納得いく一日を送るぞって。でも、夜になると意気消沈。その繰り返しなんです」

「そうなのね。ま、うちはいまのところ、皆、面白くてしょうがないって感じでやってるのよ」

「それは、ちょっと見ただけでわかります」

志乃のほかに四人の女たちが、部屋のなかにいる。縫いものをする人や、布を眺めて考えごとをする人、あとの二人は真剣な顔で、何ごとかを検討しているらしい。誰もが潑溂《はつらつ》としている。

「何も隠すようなことはないわ。勝手に眺めていってちょうだい。そのかわり、何のおかまいもできないわよ」

「けっこうです」

それから、かな女は部屋の隅に行き、皆のようすを観察した。

どうやら、誰が命令するとか、そういうものはないらしい。皆、相談しながらやっているのだ。女ものの小物をつくっている。どれも色合いが素敵で、かな女が見ても、これは売れるわと思った。

かな女は、ますます羨ましく思った。

しばらく見せてもらい、

「また来てもいいですか？」

と、訊《き》いたら、志乃から、

「いつでもどうぞ」

と、言ってもらえた。

かな女は外へ出ると、大川端に行きたくなった。このまま家には帰りたくない気分である。自分はあの人たちに負けているという気分。なにか慰めが欲しい。

日傘を広げ、土手を上がった。

大川の流れが一面に広がった。初秋亭の人たちが自慢している景色である。「水景と呼んでくれ」と、藤村は言っていた。

誰かが川に浸かり、竹の束を並べていた。

——何をしているのかしら。

と、近づいて見ると、七福仁左衛門だった。

発句の弟子の一人で、初秋亭の一員でもある。一人だけ町人で、気疲れしそうな気もするが、そうでもないらしい。武士と町人というより、幼なじみ同士の屈託ない仲間というように接している。呆《あき》れるくらい大量の句をつくるが、それは貴重な才能なのだ。あんなに次から次につくるなんてことは、誰にでもできることではない。

「七福堂さん」

かな女は岸から声をかけた。

「おお、師匠。どうしました、こんなところで？」

「いま、早春工房を見せてもらっていたところ。それより、七福堂さんこそ、何をなさっているの？」

「竹の筏《いかだ》をつくっているんですよ」

「竹の筏なんて初めて聞いた」

「地震に備えるんですよ。大地震のときは、津波が来ますからね」

「大地震が来るの？」

思わず声が震えた。

かな女は、なんとなくそういう気がしていた。いつか巨大な地震が来て、江戸は皆、潰《つぶ》れ、この世から消えてしまうのではないか。

「夢見たんですよ。たぶん正夢の気がします」

「あたしも見ることあるの、そういう夢を」

「師匠も？」

「ええ」

「やっと話の合う人を見つけた」

「あたしも嬉《うれ》しい」

そう言うと、かな女はなんだか足元が揺れている気がしてきた。水際に立っているので、川に落ちてしまうかもしれない。

「大丈夫ですか」

仁左衛門が水から上がってきた。

「どうしたのかしら」

「顔色悪いですよ」

「いま、地震の話をしたら、足元が揺れ出した気がして」

「腰を下ろしたほうがいいのでは？」

「もう大丈夫。でも、あたしもときどき地震の夢見るんです。怖くてたまらないと思うときもあるし、いっそ大地震が来て、いままでの暮らしとかがぜんぶチャラになるのはいいかもと思ってみたり」

「なるほど」

「そんな気持ちわかる？」

「あっしはそこまでは思わないが、師匠がそう思うのはわかる気がする」

「ほかの人って、そういうこと考えないのかしら」

「あんまり考えないみたいですよ。だから、あっしもできるだけ言わないようにはしているんですよ。変な目で見られるんでね」

「あたしもそう。でも、これからはする。七福堂さんと」

「ええ。そうしましょう」

「よかった。気持ちがわかる人、いてくれて」

かな女は微笑みかけた。

仁左衛門がやけに照れていた。

四

藤村が佐賀町の長屋からもどったのと、仁左衛門が大川から上がって来たのは、ちょうど同じときだった。

藤村はすぐにわかったことを話し始めた。

「なるほど、そういうことか」

夏木は大きくうなずき、

「じゃあ、お千佳ちゃんも騙《だま》されたわけか」

と、仁左衛門は言った。

「だが、黒旗が上さまの拝領品をな」

「嘘臭《くせ》ぇ話だろ」

「嘘だろうな。黒旗という男は優秀だが、上さまから何かいただくなどという機会はなかったはずだな」

「ひでえイチャモンをつけたもんだぜ」

「しかし、黒旗がそんな嘘をつくかな？」

　夏木は首をかしげた。

「意外かい？」

「ああ。ましてや、町娘をそんなふうに無理に屋敷に入れるとはな」

「ほう」

「黒旗は、女に純なところがあった。十七、八くらいのとき、わしはそのころすでに志乃といい仲になっていたのだが、黒旗から淫《みだ》らな付き合いはしてないだろうな、などと咎《とが》められたことがあったのだ」

「淫らなはいいや」

　と、藤村は手を打って笑った。

「だが、どうも奥方のことで何かあって、それから女を見る目が変わったという話も聞いたな」

「なるほど。とにかく、黒旗は無理にお千佳が屋敷に入れるように仕向けた。だが、坂井は責任はわたしが取ると、あの門前で切腹した」

「そういうことか」

「まさか、そこまでするとは思わなかったから、黒旗のところも慌てて遺体を門のなかに入れてしまったんだろう」

「それは許せぬな」

「そんなのがよくも町奉行になどと言ったもんだね」

仁左衛門が憤慨し、

「まったくだ。一つ懲らしめてやるか」

藤村が不逞《ふてい》な顔で言った。

「本気か、藤村？」

と、夏木は驚いたように訊いた。

「だってよお、夏木さん。下手したら、そんなのに康四郎たちがこきつかわれることになるんだぜ」

藤村は怒っていた。

それから三日後である。

藤村は夜の永代橋の上にいた。弓なりに反った永代橋の、いちばん膨らんだあたりである。満月に近い月が西の空にあり、大川の水明かりのおかげで、人の表情まではっきりとわかるくらい明るかった。

黒旗英蔵が従者二人を連れて渡って来た。

夜ごとに日本橋あたりの料亭に出没することは、すでに聞いていた。帰りはいつも、いまごろになることも。

連れは、若い侍と中間の二人だけ。おそらく若い侍の剣の腕は、かなりのものなのだろう。だが、いまの江戸では、若いということはすなわち、実戦の経験に乏しいということなのだ。

藤村は一度、正面からすれ違い、黒旗の顔を見た。

美男だった。夏木も男前だが、感じはまったく違う。夏木は眉《まゆ》は黒々として、どこか苦み走った好男子である。色は黒い。

だが、黒旗は、名前とは違って、白面《はくめん》の貴公子顔である。眉は薄いが、切れ長の目は大きく、あれで流し目などされたら、女たちはきゃあきゃあ言いそうである。

——そういえば、少年時代に会っているかもな。

ぼんやりと思い出した。いまも、細身だが、あのころはもっとがりがりだったはずである。

藤村は顔を確かめ、いったんすれ違ってから、踵《きびす》を返して、小走りに近づいた。

「おい、黒旗」

と、藤村は言った。

「そなた、何者だ？」

鋭い目で見た。怯《おび》えはない。

若い侍も驚いたが、何もしようとはしない。左側に位置したのに、後ろに下がろうともしない。これでは、刀を抜こうとしても、藤村は右手で柄《つか》を押さえることもできる。護衛として使えない。

並んで歩きながら、

「あんたの屋敷の門前で腹を切った坂井喜十郎の友人だ」

と、言った。

「ああ、あの件か」

「よくも腹を切らせるなんてことをしてくれたな」

「別に切れなどとは言っておらぬ。勝手に切ったのだ」

「勝手にだと。あんたが、上さまの拝領品をどうしたとか、くだらぬイチャモンをつけたからではないか」

「上さまの拝領品だと？」

黒旗は目を見開いた。

「おい、とぼけるのか」

「その件は、屋敷の用人にまかせていた。そうか、そういう理由をつけたのか」

「用人が勝手にやったことってか。お偉いさんの得意技だ」

そうして部下だけが責任を取らされる。それもずうっと尻尾《しっぽ》のほう。大昔も、そしてこれからも、お偉いさんはそうやって生き延びていく。

「いや、勝手にとまでは言わぬが」

「だが、もう、切っちまったものはどうしようもねえ。それより、お千佳は家に帰してやれ」

「お千佳を……」

「あんた、町奉行になりてえんだろう？」

「え？」

「その人がこんな悪事をしたとわかったら、なれると思うか？」

「ううっ」

黒旗の顔が歪《ゆが》んだ。それから藤村越しに若い侍を見た。

若い侍は、そこでようやく、ぱっと跳びすさった。

同時に剣を抜き放とうとしたが、藤村のほうがすでに動いている。身体を合わせるようにして、足を払った。

「うわっ」

若い侍は尻《しり》もちをついた。

そのときには、藤村は剣を抜き放っていて、すばやく峰を返すと、若い侍の手首を打った。

「ああっ」

痛みのあまり、切なさにまみれた悲鳴を上げた。

さらに、背後の黒旗の剣を警戒し、身体をひねって、距離を取った。

黒旗も剣を抜いていた。

いい構えである。おそらくかなり遣う。

しかも、肝は据わっている。藤村を強い目で睨《にら》み、許しを請うような態度は露ほども窺《うかが》えない。

歳は同じくらい。だが、藤村はもう息が上がっている。歳を考え、剣を細くし、受け身の剣捌《さば》きにするべく工夫を重ねてきた。つまり、初秋の男の剣。それでもまだ、体力の衰えに追いつけていないのか。

中間がいなくなっている。屋敷に助太刀を頼みに行ったのだろう。勝負を長引かせるとこのまま逃げるしかなくなる。それではただのご挨拶《あいさつ》で終わる。

「いいな。お千佳を解き放て」

すばやい交渉に入った。

「嫌だと申したら」

「もし、やらなかったら、江戸中の噂になると思え。町奉行の話とからめたら、世間もさぞ面白がるだろう」

「わかった」

「いまの返事、坂井喜十郎の御霊《みたま》に報告しておくぜ。石になった御霊にな」

藤村はそう言って、霊岸島《れいがんじま》のほうへ小走りに駆けた。

黒旗英蔵は、屋敷にもどると、用人の舘岡三十郎《たておかさんじゅうろう》を呼んだ。

「なにかありましたか？」

舘岡は、かなりの歳である。七十は超えているのではないか。痩《や》せて、癇性《かんしょう》らしく、眉根《まゆね》を寄せると、額に青い血管が浮き上がる。

「このあいだ、千佳の父が門前で腹を切った理由を、娘がいなくなったので、世をはかなんだからと申したな」

「違いましたか？」

「先ほど、千佳の父の友人と称する者に襲われた」

「なんと」

「腕の立つ男だった」

「御前も斬り合ったので？」

「わしは斬り合わなかった」

「植島又兵衛《うえしままたべえ》がいっしょだったのでは？」

「向こうが一枚も二枚も上手だった。実戦に慣れているのだろう。峰を返した剣で、植島は手首を叩《たた》かれた」

「植島が……」

「そやつは、上さまの拝領品がどうのこうのと申していた」

「……」

「そなた、お千佳を屋敷に入れるにあたって、いったい何をした？」

黒旗の問いに、舘岡はしばし沈黙したが、やがて、

「当初はまともに屋敷に入ってくれるよう頼んだのですが、千佳は父の病の世話を

しなければならないと、断わりました」

「父の面倒を見てやると言わなかったのか？　わしはそれくらいするつもりはあったのだがな」

「申し訳ありません。なにせ、今後、かかりが多くなりそうなので、無駄な金を使うことは控えておったのです」

「それで？」

「坂井喜十郎がよろよろしながら湯屋まで行った帰りに、箱を持ったわたしがぶつかりました」

「そなたが？」

「それで、これは上さまからの拝領品。なんということをと」

そこまで舘岡が話したとき、黒旗は膝《ひざ》を進め、手にしていた閉じた扇子で、

「馬鹿者」

と、額を打った。

「申し訳ありませぬ」

舘岡は深々と頭を下げた。

「千佳は帰してやれ」

と、黒旗は静かな声で言った。

「よろしいので？」

「わしはつくづくおなごには縁がないのだろう。あんなやさしげな娘に、そばにいてもらいたかったが、致し方あるまい。暮らしに困らぬだけの金子《きんす》は渡すのだぞ」

「は」

舘岡が下がると、黒旗は縁側に出て、月明かりの差す庭を向いて座った。

二年に及んだ恋は破れた。

黒旗の目から、涙がつたっていた。

翌朝――。

藤村は初秋亭にやって来ると、すでに来ていた夏木と仁左衛門に、

「昨夜《ゆうべ》、やっちまったぜ。黒旗を懲らしめてやった」

と、言った。

「え？　もう、やったのか」

夏木は驚いた。

黒旗の夜の動きを探ったことは、夏木には言わなかった。この件は、同じ旗本の

夏木には関わらせたくない。万が一しくじっても、藤村だけの罪になる。

「善は急げだろうが」

「どんなふうにやったのだ？」

「永代橋の上でさ……」

と、一部始終を語った。

「だが、黒旗英蔵は、想像した男とは違ったね」

「そうだろう」

「あいつ、いわゆる悪党じゃねえだろう」

「悪党などではない」

「しかも、賢さが、夜の明かりでも顔に出ていたぜ」

「だから、賢いと言っただろうが」

「あいつとは、大川で会ってたわな」

藤村がそう言うと、

「だったら、向こうも藤村さんとわかったんじゃないのかい？」

仁左衛門は心配した。

「そういうこともあるかと思って、いちおう顔はいじっておいた」

眉《まゆ》を濃く刷《は》き、頬にはあるはずのない傷を描き、たっぷりと綿をふくんで顔のかたちを変えた。八丁堀《はっちょうぼり》の同心は皆、これくらいの心得はある。

「それより、お千佳が無事にもどったかどうかを確かめたい。仁左。付き合ってくれ」

「いいとも」

仁左衛門が立ち上がると、

「わしもだ」

と、夏木も同行した。

忠蔵長屋の路地のところまで来ると、お千佳らしき娘が長屋の者に囲まれ、礼を言っているところだった。

「ほう。出て来ているではないか」

夏木が感心したように言った。

「約束は守るみてえだね」

藤村も満足である。

だが、お千佳が父の行方について訊《たず》ねているが、長屋の者は誰も知らない。黒旗の屋敷の門前で、腹を切った武士のことは、安治の倅《せがれ》が見かけただけなので、噂にもなっていないのだろう。

「藤村、どうする？」

「話してやるべきでしょうね」

「藤村はもう、長屋にはあまり顔を出さぬほうがよいぞ。黒旗がそなたを捜さないとも限らないからな」

「なるほど」

「仁左。お父上のことで、友人が知らせたいことがあるそうだと、あの娘を呼んで来てくれないか」

「わかりました」

と、仁左衛門がお千佳を呼びに行った。

夏木と藤村が近くの水茶屋でお千佳が来るのを待っていると、しばらくして二人はやって来た。

お千佳が近づいて来て、初めて顔をよく見ることができた。

お千佳の顔は、想像とはまるで違っていた。路上で見初めたくらいだから、よほどの美貌《びぼう》なのだろうと思っていた。だが、お千佳は何も目立つところのない、平凡きわまる顔立ちだった。むしろ、扁平《へんぺい》に過ぎるくらいだった。

「おいらたちは、お父上の古い友人でな」

と、藤村が言った。

「父のご友人？」

古い友人などいるわけがないと思ったのか、怪訝《けげん》そうな顔で頭を下げた。

「あそこを出られてよかったな」

「はい」

「心配していたんだ。変なことはされなかったかい？」

「変なことって？」

お千佳は、まるでわからないというように訊《き》いた。

「いや、ほら、若い娘さんが無理に連れて行かれると、無理やり抱きすくめられたりとか、いろいろあるだろうよ」

藤村が言いにくそうにすると、お千佳は笑い、

「あたしなんかに、そんなこと、するわけありませんよ。何もされていません。むしろ、親切なくらいでした」

「ほう」

「なぜ、あたしのことをと訊くと、黒旗さまは、通りすがりにあたしが父の面倒を

見るようすを見たのだと。それがいかにも甲斐甲斐《かいがい》しくやさしげだったので、ぜひ、当家で働いてもらいたいと思ったのだと」

「ふうむ」

「女中にしたかっただけですよ」

「……」

藤村は、そんなわけがないと思っている。ただの女中にしたくて、あそこまでのことをするわけがない。大身《たいしん》の旗本の屋敷に、女中に入りたい町娘など、山ほどいるのだ。それを目的に、町娘たちは、芸ごとだの華道だのを習ったりするくらいなのだ。

「ただ、なんとなく気味の悪い感じはしました」

と、お千佳は言った。

「どんなふうに？」

「なんて言うか、じいっとあたしを見つめる目が」

「なるほど」

たぶん男は、女に惚《ほ》れると、誰もがそういう目をするのだ。それに同じく熱い視線を返すのか、それを避けるのかの違いだろう。この娘にはやはり、黒旗の心を強く捉《とら》えるものがあったのだろう。

「でも、急に働かせられなくなったと、暇を出されました。そのかわり、過分な慰労金をいただきました」

「そうなのか」

「それよりも、あたしは父の行方が心配で」

「何も聞いてねえのかい？」

「ええ。父の面倒を見るのに、女中を通わせるとはおっしゃっていたのですが、そんな女中さんは来てなかったそうです。しかも、父はあたしがお屋敷に入ると、すぐに姿が見えなくなったって。父はひどい病を抱えていました。腹痛がひどく、痛み出すと、脂汗を流して苦しみました。一人で遠くになど、行けるわけがないのです。どうなっているのでしょう？」

　お千佳はすがるような目で藤村を見た。

「お千佳ちゃん。落ち着いて聞きなよ」

「え」

「お父上は、お千佳ちゃんをもどして欲しくて、黒旗の屋敷の前で腹を切ったんだ」

「腹を切った……」

「壺《つぼ》を壊した責任は自分にあるということでな」

「そうなんですか」

お千佳の瞼《まぶた》がふくらみ、涙がこぼれ始めた。それをぬぐおうともしない。

「だから、お千佳ちゃんは出られたんだよ」

「でも、父は……そんなことって……」

「お父上も、おそらくかなり身体が弱っていて、長いことはなかった。だから、お千佳ちゃんのために死ぬことに、何の迷いもなかったと思うぜ」

お千佳はしばらくうつむいていたが、

「では、遺体は？」

「屋敷の者が急いでなかに片付けてしまったのだろうな。門の前で腹など切られたら、旗本の家にしたら、恥になるからな」

「遺体を返してもらいます」

お千佳は厳しい顔になって言った。いかにも武士の娘の顔だった。

「たぶんそれは無理だよ」

「なぜです」

「もう、埋めるなり焼くなりしちまってるさ。しかも、あの屋敷と関わりがあるなんてことは、いまとなってはぜったい認めないはずだ。武士の家なんてえのは、そういうものなんだよ」

「遺骨もいただけないんですか」

「だろうな」

　藤村がつらそうにうなずくと、仁左衛門がわきから、

「お千佳ちゃん、遺骨のかわりになるものがあるかもしれないよ」

　と、言った。

　その交渉は、驚くほどうまくいったのである。

　仁左衛門と夏木は、まずは石の持ち主である雉平のところに行き、大家の多兵衛にも立ち会ってもらい、

「やはり、その石は、人の体内にできる石だった」

　と、夏木から詳しく説明した。

「ご浪人の腹に……」

　雉平は、怯《おび》えたような顔をした。

「積年の恨みつらみが、その石として固まったのだろうな」

「うへえ」

「それが切腹のはずみに転がり出たわけだ」

「じゃあ、やっぱりあれは血だったんですね」

「それで、娘御は墓をつくるにも遺体もないわけだ」

夏木がそこまで話すと、雉平もぴんときたようで、

「ああ、なるほど」

　と、大家と顔を見合わせた。

「そなたがせっかく見つけた珍しい石だろうが」

「いえ、あっしが集めてるのは、なんていうか大地から湧き出るような石だけでして、そういうのはあっしが集めている石とは違うものです。ようがすよ。これは、その娘さんに返してやってください。お代？　いえ、そんなものはとんでもねえ。どうぞ、どうぞ」

　雉平はその石を差し出し、なんのわだかまりもなくなった大家と顔を見合わせ、ホッとしたような顔をしたのだった。

第四話　疑惑の橋

一

夏木権之助は、今日も浜町堀《はまちょうぼり》に近い屋敷から永代橋を渡って、深川へとやって来た。

もちろん初秋亭に行くためだが、今日は渡り切ったところで足を止めた。やけに喉《のど》が渇いている。

出る前に水を飲んでくればよかったのだが、うっかりしてしまった。そこへ来て、朝からこの暑さである。まだ六月（旧暦）の半ばなのである。暑さはここから本格化するはずだが、すでに頂点に達したかのようではないか。

日陰のない橋の上を歩いて来るうち、たっぷり汗をかいた。水を入れた竹筒も持参していない。水の補給は、中風《ちゅうぶ》を予防するのにきわめて大切だと、亡くなった医者の寿庵《じゅあん》から何度も教えられたのである。なんとかしないとまずい。

行きつけの飲み屋である海の牙はまだ開いていない。安治もまだ寝ているはずである。だが、隣の水茶屋が開いていた。

ケヤキの大木の下になっているので、日陰になっている。肌では感じられないが、ケヤキの葉がかすかにそよいでいるので、風もあるらしい。

——そこで茶でも飲んでいくか。

水茶屋もまだ開けたばかりで、客は一人いるだけだった。

腰を下ろすと、看板娘が煙草盆と麦茶を持って来てくれる。夏木は中風の発作以来、煙草はやめているので、煙草盆は押し返すようにして、

「甘いものはあるかい?」

と、訊《き》いた。

「はい、羊羹《ようかん》が」

「頼むよ」

すぐに出てきた。薄い羊羹で、つまんで口に入れる。

「うむ。うまい」

暑いときの甘味は、薬のようなものである。

さらに冷えた麦茶をすすって一息つくと、風も感じられた。

――今日は泳がずにはいられぬな。

そうも思った。暑いときのいちばんの楽しみである。

ぼんやり永代橋を見ていると、客と看板娘の話し声が耳に入って来た。

「京の暑さなんて、こんなものじゃないよ」

「そうなの」

「一日中、蒸《む》し風呂《ぶろ》に入っているようなもんだ」

「まあ」

「ただ、京の家ってのは、その暑さをしのぐため、いろいろ工夫もしているわけさ」

「どんな工夫です？」

「裕福な家は、たいがい坪庭があって、そこに水を撒《ま》くと、家じゅうに風が通ったりするわけさ」

「なんだか素敵ですね」

「だから、金持ちは涼しく過ごせるけど、長屋の連中あたりはたまんないね」

「へえ。でも、若旦那《わかだんな》、京のことにほんと詳しいですね」

「うん。あたしは、一年に一回は京に上ってるからね」

「いいなあ。羨《うらや》ましい」

「いやあ、仕事がなければね」

軽くて、のんびりした話である。

京には倅《せがれ》の洋蔵が最近までいたこともあって、つい、耳を傾けてしまった。

「さて、そろそろ行かなきゃ。お代は置いたぜ。じゃあな」

若旦那と呼ばれていた若者は、夏木の二杯目の茶を淹《い》れている看板娘に声をかけると、小走りに永代橋を渡って行った。

水茶屋の看板娘は、若旦那を見送ると、いままで若旦那が座っていたあたりを、きょろきょろ見回し始めた。

——ん？

いったい何をしているのか。夏木もつい、そのあたりを見回してしまう。

ふと看板娘と夏木の目が合った。

「あ」

娘が目を瞠《みは》った。

「え？」

夏木はどうかしたのかと、目で訊《たず》ねた。

「初秋亭の旦那ですよね？」

「そうだが」

「あたし、〈瓦屋《かわらや》〉の栄蔵《えいぞう》の娘です。おまさって言います」

「ああ。栄蔵の娘か。じゃあ、この水茶屋も？」

「ええ。あるじはおとっつぁんです。滅多にこっちには来ませんけど」

「そうなのか」

瓦屋というのは、屋根瓦を売っているのではない。そば屋なのである。何代か前に、瓦屋だったのをやめて、そば屋になった。屋号はその名残りなのだという。しかも、そばをひっくり返した瓦に載せて出してくる。ざるそばではなくて、瓦そばというのだ。だが、そばの味はなかなかで、夏木たちもしょっちゅう食いに行く。

おまさは、栄蔵には似ていない。栄蔵はイソギンチャクに目鼻をつけたような顔をしているが、おまさのほうは水茶屋の看板娘のほとんどがそうであるように、可愛らしい顔立ちをしている。

「じつは、初秋亭の旦那たちに相談したいなあって思ってたんです」

「ほう。心配ごとでもあるのかい？」

「いま、若旦那ふうの人がいたでしょ」

「ああ」

「あの人、変なんです」

「どう、変なんだい？」

「ここ来ると、かならず忘れ物をするんです。帰ったと思うと、しばらくしたら永代橋をもどって来て、忘れ物しちゃったよって言うんです」

「だから、さっき、おまさちゃんは何か探してたのか？」

「ええ。忘れ物は決まってなくて、お人形だったり、張子の虎みたいだったり、手《て》帖《ちょう》みたいなものだったり、いろいろなんです。何なのかなって。そのうち、毒でも置かれるんじゃないかしらとか思えて、近ごろは気味悪くて」

「それは簡単なことだろうよ」

　夏木は薄く笑った。

「そうなんですか？」

「おまさちゃんに気があるからだろう。気を引きたくてやっているのだ。わしも若いころはその手のことをよくやったもんだよ」

　冗談ではなく、よくやった。水茶屋の娘も恰好《かっこう》の相手で、三か所くらいの水茶屋の看板娘を、同時に口説いたりしたこともある。

「あたしも最初はそう思いました。でも、違うんです。気があるんだったら、ぜったい、ほかの誘いもかけてくるでしょ。どっか行こうとか」

「それはそうだ」

夏木はだいたい舟遊びに誘った。

それから、水に飛び込んで、「泳ぎ、教えてやるから、そなたも入れ、裸になっても、誰も見てないぞ」というのが得意の口説き文句だったが、成功したのは一度きりだった。

「誘われたことなんか、いっぺんもありません」

おまさは、誇りを傷つけられたみたいに言った。

「そのお人形などをおまさちゃんにくれたりは？」

「一度ももらってません」

「そうなのか」

「それに、あたしだってこういう商売してるから、自分に気がある人とない人、軽いちょっかいくらいの人と本気の人、そういう区別くらいはつきますよ。あの若旦那は、あたしにはまったく興味はありません」

「ほう」

「ほんと、何なんでしょう。だから、もどって来なくてもいいように、いつも忘れ物を探すんです。でも、あたしが見てないときを狙ったみたいに、すばやくぱっといなくなってしまうんですよ」

「なるほど」

確かにさっきもそうだった。

「でも、あの人、ときどき思いつめてるみたいなところもあるし」

「あいつがか？」

話している分には、むしろ軽薄そうだった。

「はい。なんか、性分をこじらせちゃったみたいな感じがします」

「身なりなんか見ると、いいところの若旦那みたいだがな」

「ええ、身なりはおしゃれですよね。色の組み合わせも上手だし」

おまさはふいに憧《あこが》れるような目つきになった。やっぱり、自分に気がないのは内心、相当悔しいのではないか。

「あ、来ましたよ」

と、おまさは小さく顎《あご》をしゃくった。

なるほど、永代橋を渡って、さっきの若旦那がやって来た。

「ごめん、ごめん。おいら、また、忘れ物しちまった。どこ置いたのかな。あ、ここだ、ここだ」

煙草盆の裏に立てかけるようにして、こじゃれた手帖があった。表紙は布貼りで、淡い紫いろの地に、波のような模様が入っているのが見えた。発句を書きつけたりするのによさそうな手帖で、夏木も欲しいくらいである。

それを手に取って、

「あった。よかった。じゃあね」

そう言って、急いで帰って行った。

「ね？」

「ほんとだな」

夏木も唖然《あぜん》として見送ってしまった。

まもなく仁左衛門がやって来た。

こうして見ていると、のんきそうな顔でやって来る。これから勤め先に向かうお店者《たなもの》などは、まずああいう顔はしていない。朝から疲れと憂愁を漂わせている。それに比べると、つくづく初秋亭はいいところなのだと、夏木は思う。

仁左衛門のほうは、まさかここに夏木がいるとは思わないから、こっちは見向き

もせずに通り過ぎようとして、

「おい、仁左」

「あれ、夏木さま。なんだって、こんなところに？」

「うん。喉《のど》が渇いてしまってな」

「この暑さだもの。じゃあ、あっしも一休みしていきますか」

仁左衛門が座るとすぐに、藤村が通りかかった。

「おい、藤村」

「なんだよ、二人そろって水茶屋のお姐《ねえ》ちゃんにぞっこんかい？」

「まあ、お前も一服していけ。いま、ここのおまさちゃんから相談されたんだ」

と、夏木はさっきのことを話した。

「へえ。おまさちゃんに気があるんじゃねえのか」

「違うんですよ」

「内心はがっかりか？」

「やあね、元八丁堀の旦那《だんな》」

そう言って、おまさも自分の茶を持って、隣の縁台に座った。

「なにかの合図かな？」

藤村がそう言うと、

「あっしもそれが臭いと思うね」

仁左衛門も賛同した。

「いや、違うな。合図だったら、誰かそれを見ていなければ駄目だろう。あの若旦那は、わざわざ見えないようなところに置いたのだぞ。おまさちゃんも探したし、わしも見つけなかったくらいだ」

「なるほど。じゃあ、合図にはならないね」

「だが、お人形に張子だって？　子どもの玩具《おもちゃ》じゃねえのか。その若旦那、隠し子でもいて、妾《めかけ》にそっと渡してるんじゃねえのか？」

藤村は言った。

「なるほど」

夏木がうなずいたが、おまさは、

「玩具とは限りませんよ。印籠《いんろう》のときもありました」

「そうか。それに、お妾とわざわざ橋の上で会う必要もねえか」

藤村は首をかしげた。

「それらはどれもたいした価値がないものなのだろうな」

と、夏木が言った。

「どうしてだい、夏木さま？」

「それはそうだろうよ。おまさちゃんが気づく前に、誰かがぱっと持ち去ってしまうかもしれぬのだぞ。たまたま今日は、わししか客がいなかったが、朝から混んでいるときだってあるだろう。手癖の悪いやつだっているかもしれないのだ。価値があるものなら、わざわざ置いていったりはせんだろう」

「なるほどねえ」

「でも、ものには、一部の人間だけに価値があるってのもあるからね」

と、藤村は言った。

「そうか」

「まあ、今日、一度見ただけじゃ、いろいろ想像しても無駄だよ。今度は若旦那の跡をつけてみりゃあいい」

「やってくれます？　初秋亭の旦那たちが、調べてくれます？」

おまさが訊《き》いた。

「可愛いおまさちゃんの頼みだもの」

と、藤村がおどけた口調で言った。

「じゃあ、お礼は、お一人三回だけ、ここをただでっていうのは？」

「いいねえ」

藤村は調子よく引き受けたが、

「だが、あの若旦那は、いつ、ここに来るとは決まっていないのだぞ」

と、夏木が言った。

「そうなのかい、おまさちゃん？」

「そうなんです」

「一日じゅうここで見張るわけにもいかねえなあ」

初秋亭の三人は、いまや頼まれごとが多いのである。そこまで暇をつくれるかどうかはわからない。

「来たら、合図してもらいたいが、ちと遠いな」

「あたしもほかにお客さんがいたりすると、ここにいなきゃなりませんし」

「まあ、そこらも含めて検討するよ」

藤村がそう言うと、三人はいっせいに立ち上がった。

二

三人が初秋亭の前まで来ると、つまらん爺《じい》さんこと、富沢虎山が待っていた。汗を拭《ふ》きながら、

「遅いのう」

と、文句を言った。

「いやあ、すまなかったね。永代橋の近くの水茶屋で、相談に乗っていたもんでね」

仁左衛門が錠前を開けながら言った。隣が番屋だから、錠前などたいして必要ではないのだが、たまに貴重品のようなものを預かるときもあるので、このごろはかけることにしたのだ。

「面白い相談かな？」

興味も露《あら》わに、上目遣いで訊いた。

「うん。まだ、ぜんぶは言えないけどね」

やはり、三人以外には、なんでもしゃべるわけにはいかない。若旦那に、とんでもなく大事な秘密があるかもしれないのだ。

今日も二階には行かず、一階の戸や窓をすべて開け放ち、夏木が庭に水を撒《ま》き始めた。甕《かめ》の水は悪くなってはいないようだが、念のため、沸かし湯にしてから使うことにする。

それぞれが一通りのことを終えてから、

「そうだ。合図の方法を虎山先生に訊いてみるか」

と、夏木が言った。先生を付けたり、さん付けだったり、呼び方は適当である。先生には、からかいの調子もなくはない。

「なんだい、合図って？」

「じつはな」

と、夏木が説明した。若旦那は、ある男とぼかしておいた。

「ははあ。永代橋のわきの水茶屋からここまでか」

「三町（およそ三百三十メートル）近くあるだろう。しかも、道が湾曲しているから、まっすぐは見通せないのだ」

「あいだに中継できるところもないか？」

「ああ、瓦屋があるな。そこは、看板娘の実家のそば屋だから、頼めばなにかしてくれるだろう」

「それなら、できるぞ」

　虎山は自信たっぷりに言った。

「大声で呼ぶのか？」

「それは相手に気づかれるだろうが。鏡を使うのさ」

「鏡？」

「お天道さまが出ていたらの話だが、その光を鏡で受けて、遠くへ飛ばすのだ」

「ほう」

　夏木が感心すると、

「いや、鏡じゃ、光をそんなに遠くまで飛ばせねえよ」

　藤村が言った。

「日本の女たちが使っている銅鏡だと、きれいに反射しないし、光がまっすぐ行かないから無理だろうな。だが、南蛮の鏡ならできる」

「そんなもの、持ってねえよ」

「わしは持っている」

「へえ」

　そういえば虎山は、昔、西洋の文物を集めたことがあると言っていた。

「試してみるか」

と、虎山は自宅に取って返し、その西洋の鏡を持って来た。

「これだよ。顔を映してみるといい。割らんでくれよ。貴重なものだからな」

三寸（およそ九センチメートル）四方くらいの小さな鏡である。

まず、夏木が借りて、自分の顔を映してみると、

「えっ。わしは、こんなにいい男だったのか」

と、驚いた。

「夏木さんの顔の造りではない。鏡の映り具合だよ」

「いや、きれいだ。へえ、こんなにきれいに映るものなのか」

日本ではいまだに銅鏡だが、西洋ではすでに、ガラスの裏に銀を張った、現代の鏡と大差ないものができている。江戸の人間がそれを初めて見れば、きれいな映り具合に衝撃を覚えただろう。

「どれどれ。えっ、これがおいらの面かよ」

藤村は愕然《がくぜん》とし、

「あっしはどうかな。ふうん。真面目そうな顔をしてるじゃないの」

仁左衛門はわりと満足げである。

大の大人が、自分の顔のことでひとしきり大騒ぎになった。

「おい、そんなことしてる場合じゃないぞ」

虎山はそれを持ち、三人といっしょに、水茶屋へ向かった。

「おまさちゃん。合図の方法を考えたぜ」

と、藤村が自慢げに言った。

「どうするんです？」

「こういうものを使うんだよ」

と、自慢げに虎山が持っている鏡を指差した。

「ああ、西洋の鏡」

「え、知ってたの？」

「前に、虎山さんが見せてくれましたよね」

「あ、そうだっけ？」

「おい、先生。これ使って、方々で若い娘、口説いてんじゃねえのかあ？」

「いやいや、そんなことはせん」

虎山はやけに焦って否定した。

「でも、虎山さんだけじゃなく、司《し》天台《てんだい》のお役人にも見せてもらったこと、あります」

「あ、そうなの」

藤村が落胆を示すと、

「結局、あっしらが世の中に後れを取ってるってこと？」

仁左衛門が情けなさそうに言った。

「じゃあ、使い方もわかるか。これで、お天道さまの光を、あそこの瓦屋の看板に当てるんだ。そしたら、あんたのおとっつぁんでも、使用人でも、初秋亭に報《しら》せてくれればいいよ」

「わかりました」

おまさはうなずいたが、やはり壊されるのが心配だというので、虎山が朝からずっと、ここで見張ることになった。

暇でなければやれることではない。

四日ほどして――。

お昼近くなったころ、瓦屋のあるじが、

「初秋亭の旦那《だんな》方、うちのおまさから、合図がありましたぜ」

と、駆け込んで来た。

「そうか。じゃあ、おいらがようすを見て来よう」

と、藤村が初秋亭を出た。当然、跡をつけたりすることになるので、ここは藤村の仕事だろう。

近くまで行くと、若旦那らしき男が腰をかけている。その近くには富沢虎山がいて、あいつだと言うように小さく顎《あご》をしゃくった。

藤村は水茶屋に入らず、道の反対側の木陰で涼むふりをして、ようすを窺《うかが》った。

若旦那は、見た目はおっとりしているが、視線は落ち着かない。

――ふうむ。

あの態度は、何かを警戒しているか、あるいは何かに怯《おび》えているかである。やはり、遊びではない、切羽詰まったものを抱えているのだろう。

――ん？

藤村は、胃がしくしく痛んでいるのに気づいた。そういえば、昨夜も痛んでいた気がする。このところ酒が多かったのか。しばらく酒を控えたほうがいいかもしれない。

若旦那が立ち上がった。

何か置いたかどうかはわからない。

永代橋に向かい、渡って行く。

藤村は跡をつけた。もう胃の痛みは忘れている。

今日は、うっすらと雲が出ていて、さほどひどい照りではない。いつ、夕立になっても、不思議はない天気である。

若旦那は橋の真ん中あたりまで来た。

それから欄干にもたれ、帯に差していた長煙管《ギセル》を取り出して、煙草の葉も詰めずにすぱすぱと吸う真似をした。そのときも、周囲を窺うような目をしている。

まもなく、急に来た方向に引き返した。

それから、さっきの水茶屋に入って、

「また、忘れ物をしちまった。おっと、それだ、それ」

今日は、おまさが忘れ物を見つけてくれたらしい。この前のものより、一回り小さな手帖である。赤や橙《だいだい》の派手な色が使われていた。

若旦那はおまさの手から、その手帖を受け取って、急いで永代橋に引き返した。

さっきと同じ真ん中あたりまでやって来る。

すると、今度はさっきの場所に若い娘が一人、立っていた。

藤村はすばやく、娘のようすを観察した。

歳は十七、八。器量は、水茶屋のおまさのほうが上だが、こっちのほうがどことなく色気がある。それは、落ち着いた藍色《あいいろ》の浴衣《ゆかた》のせいかもしれない。

その娘に近づくと、若旦那はさりげなくあの手帖を渡し、そのまままっすぐに進んだ。娘はじっとしている。

――なんだ？

何をしたのか、よくわからない。

たぶん藤村以外は誰も見ていない。それくらい、すばやい行動だった。

――どうしよう？

一瞬、迷った。

渡したものの正体を知るなら、娘をつけたほうがいいだろう。だが、若旦那が何者かも知りたい。

やはり今回は、若旦那の跡をつけることにした。

若旦那は永代橋を渡り切ると、急ぎ足でまっすぐ進んで行く。

振り返ると、虎山が跡をつけて来ているのが見えた。

だが、橋の傾斜を上がっただけで息が切れたらしく、すぐに立ち止まって、あえいでいるようすである。とても、ついて来られそうもない。

霊岸島新堀沿いに進み、崩橋《くずればし》を渡って小網町《こあみちょう》、鎧《よろい》ノ渡《わた》しに舟が来ていて、そいつに乗り込んだので、藤村も急いで乗った。

若旦那はぼんやりと遠くを眺めている。

渡り終えて日本橋のほうへと進み、通《とおり》一丁目まで来ると、大きな店のなかへと入った。

「若旦那、お帰りなさい」

手代が言った。

若旦那はうなずいただけで、奥へ行ってしまう。

「ここの若旦那か」

道の反対側に寄って、軒下の看板を見る。

「京帯　采女屋《うねめや》」

とある。通一丁目にあって、間口五間（およそ九メートル）ほど。立派な大店《おおだな》だろう。客も五、六人は入っている。高価なものを売る店にあれだけ入っていたらたいしたものである。

とりあえず若旦那の身元がわかったので、帰ることにした。ふたたび鎧ノ渡しのところに来ると、なんと向こうから来た舟に、若旦那から手帖《てちょう》を受け取った娘が乗っているではないか。

——近くに住んでいるのか？

こっちの跡もつけることにした。

やはり日本橋のほうに行く。若旦那の店の前は通らず、通二丁目のほうに出て、表通りの店に入った。

「ただいま」

と言ったので、自分の家なのだろう。

看板は〈立川屋《たちかわや》〉とある。店のなかをのぞくと、なんとここも帯を売っているではないか。

間口は二間半ほど。采女屋よりはだいぶ狭い。なかにいまは客はおらず、そう繁盛しているようには見えない。

「ううむ」

どういうことか、まだ見当がつかない。

そのころ——。

木挽町に早春工房の女たちが来ていた。

夏木志乃、藤村加代、七福堂のおちさと耳次を抱いたおさと。工房には、ほかにも手伝いの娘はいるが、幹部四人の勢ぞろいである。

「そこです」

と、おさとが一軒の空き家を指差した。

「ああ、なるほど」

おさとから、いい空き家があったとは報告済みだったが、なかなかそろっては見に来られなかったのである。

「これくらいの間口で十分よ」

と、加代が言った。

「ここを通る人たちを見てください。年増《としま》の女が多いんです」

「ほんとね」

志乃がうなずくと、

「まさに、早春工房のつくるもののお客さんですね」

と、おちさが言った。

狭いけれど、二階もある。

「でも、ここを七福堂の出店にすると、誰か雇わなければならないのでは？」

と、志乃が聞いた。

「あたし、手伝いくらいはできるけど、まだまだ耳次に手がかかるし」

おさとが残念そうに言った。

「雇うにしても、あたしがちょくちょくこっちを見に来ますよ」

おちさが言うと、

「ここなら八丁堀からも近いから、あたしもかなり手伝いができると思う」

加代も俄然やる気を見せた。

「ああ、加代さまに手伝ってもらえたら、ものすごく助かりますよ」

「でも、藤村さんは反対しないの？」

志乃が訊《き》くと、

「あの人は、初秋亭に居っぱなしになるほうが喜びますよ」

加代の言葉に、女たちは笑った。

「ところで、ここでも薬を売るのね？」

志乃が訊いた。

「もちろん。もう一つ、新しい薬も売り出しますよ」

加代がうなずいた。

「そういうのは、大丈夫なの？　奉行所の許可などは要らないの？」

「大丈夫。昔は、薬種屋の株仲間に入って、薬も和薬改会所《わやくあらためかいしょ》というところで吟味を受け、許可を得ないと売ってはいけなかったりしたのですが、その後、規制はずいぶんゆるくなっているんです」

「そうなの」

「いまも、株仲間はあるし、まあ、そこに入って、幕府に冥加金《みょうがきん》でも納めれば信用も増すんですが、入らないからって、とくに困ることはないんです」

加代は、いちおう康四郎に、そこらのことも確認しておいたのである。

八丁堀の同心には、自分の敷地を削って商売をさせている者もいたりして、加代が商売に関わることもとくに問題はない。志乃の場合は差しさわりがあるかもしれないが、志乃はつくるほうだけで、七福堂の商売には関わらないこととした。

「そうよね。だって、近ごろは戯作者《げさくしゃ》なんかも薬屋をやっていると聞きますからね」

と、志乃はうなずいた。

志乃が聞いたというのは本当のことで、戯作者で薬屋をやる者は多く、山東京伝《さんとうきょうでん》も曲亭馬琴《きょくていばきん》も式亭三馬《しきていさんば》も、戯作を書くかたわら、薬も売っていたくらいである。

「そのかわり、でたらめの薬を売ったりすると、重い罪を科せられます。死罪を申しつけられた者もいるくらいです」

「まあ」

「でも、大丈夫。早春工房はそんなでたらめはしませんから。ちゃんと、お医者のお墨付きももらうようにしましょう」

「屋号は、ほんとに七福堂でいいんでしょうか？　皆の力でできるんだから、早春堂とかにしたほうがいいのでは？」

　おちさが遠慮がちに訊いた。

「ううん。それは、七福堂でいいと思う。早春工房はつくるだけ。売るのは七福堂と分けておいたほうが、それぞれきちんとやれると思うの」

　加代はきっぱりと言った。

「そうかもしれませんね」

　どうやら女たちは、商売の面白さに目覚めてしまったらしい。

三

藤村は初秋亭にもどると、さっきの若旦那《わかだんな》尾行の一部始終を語って聞かせた。

「そりゃあ、たしかに変な話だな」

と、夏木は首をひねり、

「帯問屋の采女屋といったら、一流の店だよ。お大名の奥方なんかもあそこで買うと聞いてるよ」

仁左衛門は言った。

「ああ、流行《はや》っていたぜ」

「采女屋の若旦那と、立川屋という帯屋の娘はできてるのかな？」

「なんせ、一瞬だったからな。ぱっと手渡したんだ」

「それも解せないふるまいだよねえ」

「そうなんだよ」

「それは、渡すところを見られたくないからじゃないのかい？」

「それしか考えられないか」

　藤村もそこらはわからない。

「だが、それなら永代橋の上で周囲を見回して、誰も知ったやつはいないとなったら、さっと渡せばいいだろう。なんでわざわざ、いったんおまさの水茶屋に忘れたりしなくちゃならないのだ」

　と、夏木が言った。

「そのほうがいいんだ。誰かがつけて来ているかもしれないとするぞ。そのとき、手帖《てちょう》なり人形なりを持っていたら、渡せなくなるわな。しかも、人形だの手帖だのを、袂《たもと》や懐に入れていると、ふくらんでいたり、浴衣地《ゆかたじ》だと透けたりして、それは何ですか？　となりかねないだろう」

「なるほど」

「いったんつけて来ていないとわかれば、もどって忘れ物を取ってから引き返し、あの娘に渡すことができる。できなかったときは、そのまま水茶屋に預かっていてもらえばいいんだからな」

「誰の忘れ物かは、おまさちゃんはわかってるしな」

　と、夏木もそこは納得したが、

「それにしても、持って回ったような、ずいぶん慎重なやり方だがな」

「そういうのはいるんだよ。やけに小細工を好むやつは」

藤村は言った。

同心をしているときも、そういう悪党に何度か出会っている。しなくていい小細工をしては、事態を複雑にする。だが、それをやられると、調べに混乱をきたすのである。そこまで狙ってやるやつは、悪知恵が働く悪党だった。

だが、若旦那のしていることが悪事なのかはわからない。

「肝心なのは、采女屋の若旦那が、そういうことをする裏に何があるかだな」

と、夏木は言った。

「仁左。采女屋のなかの事情とかを訊く手立てはねえもんかい？」

藤村が訊いた。

「なくはないよ」

「どうやる？」

「通一丁目にはやっぱり小間物屋をしている知り合いがいるんだ。そいつに頼めばやってくれるのは間違いないんだが、ただなあ」

「ただ、なんだよ？」

「いいのかなあ、あいつにやらせて？」

「え？」

「とにかく若いときから、岡っ引きになりたくてしょうがないってやつだったんだ。一時期、ニセモノの十手を持ち歩いて、奉行所からひどく怒られたこともあったくらいで、近所に事件でも起きようものなら、岡っ引きになりきって訊《き》き回るし」

「ああ、そういうのはいるらしいな。火消しでもないのに、火消しの恰好《かっこう》して火事場に出て来たり」

　と、夏木が言った。

「あ、そう。その類《たぐい》」

「そいつ、通一丁目の町役人をやってねえか？」

　と、藤村が訊いた。

「やってる。五年くらい前から。棚倉屋《たなくらや》の五次郎《ごじろう》っていうんだよ」

「あいつか。そうそう、あの野郎、なんかあると、興味津々で出しゃばりたがるんだ」

「あいつにやらせたらまずいよね？」

「まずかねえさ」

「そうかい」

「なんか揉《も》めたら、康四郎に言い訳でも考えさせるよ」

「だったら、五次郎に頼んでくるよ」

というわけで、仁左衛門は通一丁目の小間物屋〈棚倉屋〉の五次郎に会いに向かった。

「調べるの？　あたしが采女屋の若旦那を？」

五次郎の目の輝きを見て、仁左衛門はやはり頼むのはやめようかと思ったほどだった。こういうやつは、なにかとやり過ぎて、余計なことまで調べようとしては、大騒ぎになったりするのではないか。

「京帯の采女屋は知ってるかい？」

「もちろんだよ」

「若旦那は？」

「子どものときから知ってるさ。ぐれかけたときなんか、あたしが道端で説教して、立ち直らせたこともあるくらいだよ」

「そうなの」

たぶん大袈裟《おおげさ》な話だろうが、否定はしない。

「采女屋のことなら、おかみさんの股《また》のほくろまで調べてやるよ」

「おいおい」

「それは冗談だけど」

「だいたい、調べるたって、悪いことしたわけじゃないんだぜ」

「仁ちゃん。それはわからないよ」

五次郎は真面目な顔で言った。

「なにがわからないんだ？」

「人間、裏を返すと、なにが出て来るかわからないだろ。あんなおとなしそうな顔をしてて、じつは七人ほど殺した鬼のようなやつかもしれねえ」

「勘弁してよ」

「大丈夫だって。ちゃんと、良識にのっとって調べをするから」

「ほんとかい？」

「そんな裏道に連れ込んで、横っ面ひっぱたいて、白状させたりはしないよ。いっぺんやってみたいけど」

目が輝いている。

「危ないなあ」

「大丈夫。まかせて」

「もう、ニセモノの十手なんか使うのも駄目だぜ」

「あれは使わない」

「あれは？」

「でも、身に危険が及ぶときはあるからね」

「采女屋の調べでも？」

「そりゃあ、乱暴なやつはどこにだっているもの。そういうときのために、せめてすりこ木くらいは持たせてくれよ」

「すりこ木？　そんなもの、役に立つか」

「あたしにすりこ木持たせたら、まず敵なしだよ」

「まあ、いいや。それと、言っとくけど、礼はないよ」

「礼なんかいるもんか。こういう仕事をあたしは、五十年も待っていたんだ」

五次郎は、これから歌舞伎の舞台に出て行くみたいに、肩をぐいと持ち上げた。

それから四日ほどして——。

「こちらに七福堂の仁左衛門さんは？」

と、五次郎がやって来た。すでに日もだいぶ傾いた刻限である。

「ああ、どうしたい？ なにか、わかったかい？」

「わかったなんてもんじゃねえ。ほとんど、洗いざらい」

「やだなあ、怖いよ、聞くのが」

五次郎は勧められてなかに入ると、奥にいた藤村と目が合った。

「あれ？ 藤村の旦那《だんな》じゃありませんか？」

「よう。久しぶりだな」

藤村は現役のころも本所深川回りの担当だったので、通一丁目の住人は本当ならまったく知らないはずである。

だが、通一丁目と言ったら、江戸の中心中の中心で、そこでなにかあれば、すぐにほかから応援として回される。藤村は、何度も応援に行っていて、そこでお互い何度も顔を合わせてはいた。

「え？ ということは、あたしがしたのは、町方のお手伝い？」

五次郎は嬉《うれ》しそうに訊いた。帯の後ろに、すりこ木を差しているのが見えた。

「そうじゃねえよ。だいたい、おいらはもう町奉行所の同心じゃねえんだ」

「ですよね。いまは、ご子息の康四郎さんが」

「そんなことはいいから、調べたことを聞かせてくれよ」

「わかりました」

と、五次郎はうなずき、すぐに語り出すかと思ったら、そのまま口をつぐんでいる。

「……」

沈黙が長い。

初秋亭の三人は、黙って五次郎が語り出すのを待ったが、なかなか話し出さないので、

「どうした？　うなぎでも取って欲しいのか？」

と、夏木が訊いた。

「いえ、根掘り葉掘り調べはしたんですが、いったいどこから話したらいいのか、わからなくなってしまいました」

三人はいっせいに笑った。

「いや、笑ってすまねえ。大丈夫だ。安心しな。そういうことはよくあるんだ」

「そうですか」

「頭のなかで、ものごとの流れを整理しておかないと、そういうことになるんだが、

それは慣れもあるしな」

藤村は慰めるように言った。

「はあ」

「いいよ。おいらたちが訊《き》いたことに答えてくれたら」

「何でも訊いてください」

「あの若旦那の名前は？」

「玉右衛門《たまえもん》です」

「歳は？」

「二十三ですね」

「ちっと変わってるみたいだが、そういう評判はあるのかい？」

「ええ、変わってるというか、いささかひねくれたところがあるんですよ。というのも、いまの旦那は、若旦那の実のおやじじゃないんです」

「そうなのか」

「采女屋の先代には、男の子どもがなくて、娘に婿を取ったんです」

「ほう」

「それで、あの若旦那の玉右衛門が生まれたんですが、七、八歳のころに婿に入った実の父は、病で亡くなってしまいました」

「じゃあ、いまの旦那は？」

「二人目の婿ってことで入ったんです。もとは、あの店の二番番頭をしてました。それで、若旦那の下に娘が二人、生まれています」

「なるほど」

「ただ、若旦那といまの旦那の仲ってのは、なんとなく微妙らしいです」

「微妙？」

「ええ、表立って喧嘩《けんか》になったりすることはないんです。ただ、あの若旦那はちょっと面倒臭いところがあって、旦那のことをなんとなく避けているふうだというんです」

「やっぱり、実のおやじじゃねえからかな」

「旦那は、誰に訊いても、いい人だという評判なんですが」

「他人にはよくても身内にはってこともあるしな」

藤村がそう言うと、夏木と仁左衛門も、

「ある、ある」

と、うなずいた。

「それで、立川屋の娘とは？」

「娘はお滝《たき》って名で、歳は十九なんですけど、やっぱりいい仲だったみたいです。二年前から噂になってました」

「だろうな」

「若旦那はいっしょになりたいと、友達にも言ってたそうです」

「相思相愛か？」

「そうでしょう。ただ、お滝も、一人娘です」

「ほう」

「跡を継ぐには、婿を取ることになるわけです。でも、采女屋の若旦那をもらうわけにはいかないでしょう」

「まあな」

「だから、親からきつく叱られ、いまでは会ったりすることは禁じられているそうです」

「だが、男と女ってのは、禁じられるとますます燃え上がるんだよな」

　と、夏木は言った。

「さすが、夏木さま、実体験」

仁左衛門がからかった。

「なにが、さすがだよ」

「ということは、隠れて会ったりもしてるのかな」

藤村が訊いた。

「どうなんですかね。お滝は、真っ昼間はともかく、夜は外に出してもらえないそうですが」

「若旦那は、商売には関わってねえのかい？」

藤村はさらに訊いた。

「いや、旦那は教えようとしてるんですが、若旦那が落ち着かないみたいなんです」

「ちらっと聞いた話では、仕事で毎年一度は京に行っているらしいがな」

と、夏木が言った。

「そうなんです。あそこは、京帯と看板をあげているくらいですから、京の西陣《にしじん》織の帯を扱うので人気があるんです。それで、若旦那が毎年、西陣に行き、いま流行《はや》っている帯の買い付けをしたり、注文の予約をしたりと、采女屋の商いの要《かなめ》のところをまかされているんです」

「ほう」

「番頭だっているんだろう？　でも、若旦那に買い付けをさせてるんだ？」

と、仁左衛門が訊いた。

「そうなんだよ」

五次郎は仁左衛門にはざっくばらんな言葉使いで答えた。

「じゃあ、旦那とのあいだは、そうこじれてはいないんじゃないのかい？」

「まあ、そのあたりになると、他人にはわからないね」

「ほかに、変わった話ってえのはあったかい？」

藤村が訊いた。

「ええ。いまの旦那とおかみさんの仲は、古い女中に言わせると、前の旦那のときよりもずっと睦《むつ》まじいみたいです」

「そうなのか」

「前の旦那とは、月に二回くらいだったのですが、いまは一日おきくらいだって」

「おいおい、そこまで訊いたのかい」

三人は爆笑した。

五次郎は調べたことをほぼ話し終えると、藤村に向かって、

「康四郎さんのお手伝いは、なんでもしますので、ぜひ、旦那からもひとこと言っておいていただけると」

「ひとことって何を？」

「いや、あの、あいつはなかなかやるから使ってみろとかなんとか。お願いしますよ」

そう懇願して帰って行った。

「よく調べたじゃねえか」

藤村は感心して、仁左衛門にそう言った。

「あれで、やみつきにならないといいんだけどねえ」

「まあ、悪いことするわけじゃねえしな」

と、藤村は苦笑し、

「だが、おかげでずいぶんわかってきたぜ」

「わしもわかってきた」

夏木がそう言うと、

「え？　わかってないのは、あっしだけ？」

仁左衛門は顔をしかめた。

「それはしょうがない。仁左はこの件ではわしらより関わり方が少ないのだから」

「じゃあ、教えてよ、藤村さん、夏木さま」

「若旦那《わかだんな》はな、立川屋に婿に行くつもりなんだよ」

藤村がそう言うと、

「うむ。わしもそう思う」

と、夏木も言った。

「そんな馬鹿な」

「いや。玉右衛門は、義理の父親であるいまの旦那を信じていねえんだよ。つまり、実の娘のほうに婿を取って、店を継がせるつもりなんだと疑ってるのさ」

「なるほど」

「だったら、そうしたらいいと。おれは、立川屋に婿に行くからと。玉右衛門はそんなふうに居直ったわけさ。そのかわり、立川屋の商売のほうがうまくいくようにしたいものだとな」

「そう考えても不思議はないわな」

と、夏木が言った。

「それで、若旦那は毎年、京に行っているよな。そこで人気の帯を仕入れたり、できたものを送ってくれるよう、手配してきたりするわけだろ」

「そうらしいよね」

「そのとき、京都で流行っている帯の柄などを立川屋に洩《も》らし、自分の店であるはずの采女屋には教えないんだ。京では流行っていない地味な帯ばかり持って来たり、あるいは送るよう注文を出したりしてるんだ。采女屋がだんだん落ち目になるようにな」

「では、あの人形や手帖《てちょう》は？」

と、仁左衛門が訊《き》いた。

「あれで、立川屋に教えているんだよ。人気の帯の柄で、人形の着物にしたり、手帖の表紙に貼ったりしているわけさ。それなら、渡しても、帯の柄とは思えないよな。だが、立川屋では、それを真似て、帯をつくることができるというわけさ」

藤村の説明に、

「わしの推測もまったく同じだ」

と、夏木は言った。

「じゃあ、采女屋はまずいね」

仁左衛門は心配そうに言った。

「まずいだろうな」

「若旦那のせいで落ち目になる」

「たぶんな」

「教えてやったほうがいいんじゃないかい？」

「采女屋のあるじにか？」

「うん。あるいは、おかみさんでもいい。若旦那が、こんなことしてるって」

「ふうむ。おいらはどっちでもいいや」

と、藤村は面倒臭そうに横になった。

「夏木さまは？」

「わしは、どっちの味方をするつもりもないが、若旦那がしていることは感心できぬな」

「だろ？　あっしは、これから一人前になる若旦那は、いま、そういう陰険なことをしちゃ駄目だと思うんだ。ちゃんとした商人になっていくのならね」

「だったら、夏木さんと仁左で、采女屋に教えに行くべきだぜ」

「そうするか、仁左。まだ暮れ六つには半刻《はんとき》ほどあるな」

「うん。そうしようよ」

というわけで、夏木と仁左衛門は、永代橋のたもとで猪牙《ちょき》舟《ぶね》を拾い、日本橋通一丁目に向かった。

四

「ははあ。玉右衛門がなにやら思惑ありげなことをしているとは思っていたのですが、そういうわけですか」

夏木と仁左衛門の話に、采女屋のあるじの京《きょう》右《え》衛門《もん》は苦笑して言った。

そのわきで、

「まったく、あの子ったら」

と、玉右衛門の母である女房が眉《まゆ》をひそめた。

「ただし、まだ、あくまでも推測でな。もしかしたら、違っているかもしれぬ。だが、ほかに、人形や手帖をこそこそ橋の上で渡す理由は考えられぬのでな」

「いや、当たっていると思います」

京右衛門がそう言うと、

「あたしも手帖に布を張っているのを見ましたよ」

と、女房も言った。

「では、わしらは家のなかのことに首を突っ込むつもりは毛頭ない。もちろん、他言することもない。あと、どうするかはご自由にということでな」

夏木がそう言って立ち上がろうとすると、

「玉右衛門は、頓珍漢《とんちんかん》な誤解をしているんです」

と、京右衛門は言った。

「誤解か？」

「ええ。あたしは、身代を娘のほうになんて思っていませんよ」

京右衛門がそう言うと、

「嘘じゃないんです。この人は、そんなこと、これっぱかりも考えていません。娘二人は嫁に出すつもりですし。まったく玉右衛門は、変にひねくれてしまって、あたしの育て方がいけなかったのでしょうが」

女房はため息をついた。

「まあ、いい。しばらくは好きなようにやらせておこう」

京右衛門がおかみにそう言ったので、仁左衛門はつい、

「でも、若旦那がしていることをやめさせないと、采女屋の商売もだんだん傾くん

じゃないのかい？」

と、言った。

すると、京右衛門は笑って、

「いやいや、大丈夫ですよ」

と、まるで心配などしていないらしい。

「それはなぜだな？」

夏木は不思議そうに訊いた。

「じつは、商売というのは不思議なもので、京で流行《はや》るものが、江戸で流行るとは限らないんです」

「ほう」

「むしろ、京では相手にされないような柄が江戸では人気になったりします。京は昔からの都だけあって、派手好みです。でも、江戸は違います。粋とお俠《きゃん》といなせ、これが肝心でして、それらを感じさせないと帯も当たりませんね」

「では？」

「玉右衛門がこれは売れないと、うちに勧めたほうの柄が、むしろよく売れているくらいです」

「なんと」

「だから、玉右衛門には可哀そうですが、無駄な努力をしているわけです」

「そうか」

「だが、男ってのは若いころに、少し頓珍漢だったり、こじらせたところがあったりするほうが、あとで大きく伸びるんじゃないでしょうか。あたしはそう思っているんです」

「うむ。それはわしも同感だな」

と、夏木はうなずいた。

「そのうち、帳場のほうもやらせますので、まあ、だんだんあたしの気持ちもわかってくれると思います」

「なるほどな」

この旦那《だんな》なら、玉右衛門の陰謀も徒労に終わりそうだった。

「わしは、ここから歩いて帰る」

采女屋を出ると、夏木は仁左衛門に言った。

「大丈夫かい、夏木さま」

「当たり前だ。ここからだと、初秋亭から帰るのと同じくらいだ」

「たしかに。じゃあ、あっしは海賊橋から帰るんで」

「おまさには、わしが明日《あした》の朝、言っておこう。たいしたことではないので、やらせておけと言ってやる」

「ああ、それがいいね」

と、二人は店の前で別れた。

ようやく暮れかけた道を、夏木は悠々と歩いて行く。軽く左足をひきずるが、言われなければほとんどわからないくらいに回復している。

浜町堀の近くにある夏木の屋敷は、三千五百石の家格を示して堂々たる門構えである。

門番を兼ねる中間《ちゅうげん》に声をかけ、潜り戸から入った。

玄関で「いま帰った」と告げるとすぐ、志乃が出て来て、

「お前さま。じつは」

と、言った。顔が輝いている。

「どうした、いい薬でも飲んだのか？」

「何をおっしゃってるんです。凄《すご》い話が来たんですよ」

「お前の凄い話はあまり聞きたくない」

「また、そういうことを。新之助《しんのすけ》に町奉行をしないかと打診があったのだそうです」

「え……」

これにはさすがに夏木も驚いた。

新之助は、夏木家の長男である。いまは家督を継ぎ、西丸《にしのまる》留守居役として千代田《ちよだ》の城に出仕している。夏木家の家禄《かろく》は三千五百石だが、それに役高として二千石がついている。

「誰から打診があったのだ？」

「ご老中《ろうじゅう》の池田《いけだ》さまからだそうです」

「ふうむ」

老中はいま、四人いるが、筆頭ではない。が、もう十年ほど老中をしていて、力もある。その池田の打診なら、かなり確実な話だろう。

「新之助は帰っているのか？」

「先ほど帰って、いままた出かけました。若年寄《わかどしより》のどなたかと、何か話があるとかで」

「そうか」

夏木の家から町奉行が出ても、とくに不思議はない。

家格には何の問題もないどころか、逆に高すぎるくらいである。とはいえ、町奉行の職が不名誉かと言うと、そんなことはない。もちろん、有能さの証明のようなもので、夏木家にとっても名誉極まりない。

だが、夏木権之助が当主だったとき、そんな話は一度も来なかった。むしろ、ごく目立たない役職を転々としていた。

夏木自身にも、そういう野心はまったくなかったが、町奉行の話が倅《せがれ》に来たと聞くと、自分の履歴がいささか情けなく思えてしまう。

「だが、新之助がな」

夏木は不安そうな顔をした。

「なんです—」

「いや—」

なんというか、養子に出した次男の連次郎《れんじろう》もそうだったが、新之助は素直すぎるところがあるのだ。三男の洋蔵と違って、上の二人は何の問題もなく、すくすく育った。

しかし、それがいいかどうかはわからないのである。

さっきの若旦那のこじらせたという話ではないが、男にはそういうところがあったほうがいい。宮大工の棟梁《とうりょう》に聞いたことがあるが、真っ直ぐすくすくと育った木は、弱いので大きな建物には使えないのだという。大きな建物には、強風に当たりつづけて、少しねじ曲がったような、癖のある木をうまく使うようにするらしい。

結局、人も同じではないのか。

だが、夏木のそんな思いをよそに、志乃は、

「わたしの早春工房といい、新之助の話といい、夏木家はいま、上げ潮どきなのかもしれませんね」

きらきらと光る目で、そう言うのだった。

　

そのころ、七福仁左衛門は深川にいた。家のすぐ前を通ったのに、こそこそと素通りして再び、永代橋を渡ったのである。われながら、ネズミが猫のいる場所を避けたようだったと、仁左衛門は思った。

それから黒江町のとある一軒家の前に行き、戸を叩《たた》いて、

「晩飯は？」

と、声をかけた。

「あ、食べちゃいました。七福堂さんはまだでしたか？」

姿を見せずに返事がきた。

「うん、いいんだ。じゃあ、甘いものでも」

「いいですね」

いそいそと出て来たのは、発句の師匠の入江かな女である。

「どうなりました、あの話は？」

歩きながら、かな女は訊《き》いた。

「うん、あのあとさ……」

仁左衛門は、今日のできごとをすべて話した。

「まあ、京の流行の帯を教えるのに、そこまでしていたのですか」

「変なやつだよな」

「ほんと」

「だが、頓珍漢《とんちんかん》な努力だったわけさ」

「でも、面白い」

「うん。これで発句でもつくっちゃおうかと思ったよ」

「そんなんでつくれるの？」

かな女の言葉遣いに、親しさが感じられる。

「つくれるさ」

「凄い。七福堂さんの才能をわかってるのは、あたしだけだと思う」

「師匠に認められたら本望だ」

二人は、富ヶ岡八幡宮の参道にある甘味屋に入った。

「どうだったい、今日の気分は？」

仁左衛門は訊いた。

「駄目。すぐに、あのことを考えてしまって。なんか、離れないの、頭から」

「おいらもそうだよ」

「変なのかしら、あたしたち？」

「どうなのかねえ。あっしからしたら、考えないやつのほうが、能天気過ぎると思うんだけどね」

「同感」

「いくら才能があっても、地震の揺れでつぶされたり、津波に飲まれたり、あるいは火事が出て焼かれたりしたら、おしまいさ」

「ほんと、そう。あたし、地震のことだけでなくやっと自分の気持ちがわかる人と、めぐり会えた気がする」

「あっしも、師匠と話せるようになってよかった」

「……」

見つめ合った。

だが、仁左衛門には逡巡《しゅんじゅん》もある。

あと一歩踏み出せば、この魅力のある師匠と、男女の仲になる。しかし、その一歩をためらっている。

仁左衛門には、浮気の経験はない。仕事の仲間との付き合いで、何度か吉原《よしわら》の妓《ぎ》楼《ろう》に揚がったことはあるが、あんなものは浮気とは言えない。亡くなった前妻のときもなかったし、いまのおさとのときもない。

浮気というのは、どんなものなのか。

いま口にした汁粉より、何十倍も甘い味かもしれなかった。

藤村慎三郎は、初秋亭でまだ横になっていた。

夏木と仁左衛門に行ってもらったのは、じつはなんとなく身体が重かったからだった。思えばこのところ、ずっと身体が重かった。

——夏風邪でもひいたのだろうか。

だが、咳《せき》など出ないし、熱もなさそうである。やはり調子が悪いのは胃だと思われる。食欲がないわけではないが、ときどきしくしくと痛むし、むかむかするときもある。

——ドクダミ茶でも飲んでみるか。

それが胃に効くのかどうかはわからない。が、薬といって思い浮かぶのは、それくらいだった。

——おいらも薬を飲むような歳になったのか。

情けない気がする。薬など、一生飲むことがないような気がしていた。だが、歳月は確実に、自分の身体にも積み重なってきているのだ。

帰ったら、加代に相談するか。きっと皮肉を言われるだろう。お前さまもついに薬を飲む気になったんですね、とかなんとか。

そう思ったら、やっぱり加代には言いたくない。どこかにいい医者はいないものか。病人のため身を粉にして働いてくれたあの寿庵のような。あの医者の言うことは、ぜんぶなるほどと思えるものばかりだった。診立ても素晴らしかった。あんないい医者とは、なかなかめぐり会うことはないだろう。

寿庵の顔を思い出しながら、藤村は立ち上がった。

二階の雨戸はすでに夏木が閉めてある。ここらは海の水が入るので蚊は少ないが、いちおう焚《た》いている蚊やりも消し、雨戸を閉めた。

暗くなった部屋を手探りで横切り、玄関から外に出た。錠前も忘れずにする。わきに置いた甕《かめ》をのぞくと、ナマズはおとなしくしている。地震なんか来やしないのだ。仁左衛門の気のせいなのだ。

そのとき、胃のむかつきが急にひどくなった。

吐き気がこみ上げ、わきの草むらのほうに行って、少し吐いた。夕飯はまだなので、たいして吐くものはない。ただ、口のなかがやけに錆《さび》臭い感じになった。

吐いたものに目をやると、色が濃い気がする。

――なんだ？

隣の番屋の提灯《ちょうちん》のところに行き、口をぬぐった手を見た。

血がついていた。それも、鮮血と言っていいような色だった。

背筋に冷たいざわつきのような感覚が這《は》い上がってくる。

藤村慎三郎は、血を吐いたのだった。

本書は書き下ろしです。